# बेरंग लिफ़ाफ़े

मनीष भार्गव

AF658006

सन्मति

Title: Berang Lifafe
ISBN: 9789390539475
Author : Manish Bhargava
© Manish Bhargava

**प्रकाशक**

सन्मति पब्लिशर्स

बी-347, संजय विहार,

मेरठ रोड, हापुड़-245101 (उ0प्र0)

Website: www.sanmatiindia.com

Email: sanmati555@gmail.com

प्रथम संस्करण : फरवरी 2021

यह किताब कुछ कल्पना और कुछ लेखक की ज़िंदगी में घटी घटनाओं का ताना-बाना है। स्थानों और संस्थाओं के नामों का प्रयोग केवल कथ्य को प्रामाणिकता प्रदान करने के लिए किया गया है। कहानी में आये सभी चरित्र, नाम और घटनाएँ लेखक की कल्पना और सत्य अनुभवों का मिश्रण हैं।

इस पुस्तक के सर्वाधिकार सुरक्षित हैं। लेखक की लिखित अनुमति के बिना इसके किसी भी अंश की फोटोकॉपी एवं रिकॉर्डिंग सहित इलेक्ट्रॉनिक अथवा मशीनी, किसी भी माध्यम से अथवा ज्ञान के संग्रहण एवं पुनः प्रयोग की प्रणाली द्वारा, किसी भी रूप में पुनःउत्पादित अथवा संचारित-प्रसारित नहीं किया जा सकता।

# अपनी बात

मेरा, अपने कार्य के दौरान, बच्चों और शिक्षकों से हर रोज मिलना होता है। जहाँ मैं देखता हूँ कि सभी के पास कुछ ख्वाब होते हैं, जिनको लेकर उनका मानना रहता है कि यदि ऐसा हो जाएगा तो हमारे जीवन मे खुशहाली आ जाएगी। वो किसी बच्चे के लिए कोई बड़ी डिग्री के रूप में हो सकता है, तो किसी शिक्षक के लिए प्रमोशन के रूप में या किसी के लिए दूसरी जॉब प्राप्त करने में, तो किसी के लिए प्यार हासिल करने में। कोई पद के लिए प्रयासरत है, कोई पैसे के लिए, तो कोई ऐसा भी है जिसे पता ही नहीं कि वो यह सब कर क्यों रहा है?

यह ऐसे ही एक व्यक्ति की कहानी है जो ग्रामीण परिवेश से निकलकर नवोदय जैसे विद्यालय में पहुँचा। जहाँ उसे इस दुनिया के सबसे खूबसूरत रिश्ते, दोस्ती का अनुभव हुआ। पर उसे लगता था दोस्ती से भी बढ़कर कोई रिश्ता होता है। वहाँ से उसे नए लक्ष्य मिले और उनका पीछा करता हुआ वो खुद की तलाश में आगे बढ़ता गया; उसे यह भी नहीं पता था वो सही है या गलत। बस कुछ अलग करना उसकी आदत थी, जीवन की सरलता की खोज में, वो खुद को खोज रहा था। शायद ऐसा कुछ जिसके लिए वो बना है या ऐसा कुछ जो उसके लिए हो। संभव है कि आप भी अपने आप को इस कहानी के किसी पात्र से जोड़ पाएँ।

साथ ही आभारी हूँ उन सभी शुभचिंतकों और आलोचकों का, जिन्होंने सच मे जिंदगी के मायने सिखाये। आभारी हूँ उन सभी कार्यों और अधिकारियों का, जिन्होंने उन

मायनों को सही जगह उपयोग करना सिखया। इसके अलावा उन सभी मित्रों का आभारी हूँ जो हमेशा जिंदगी में रंग भरते रहते हैं।

यह मेरा पहला उपन्यास व मेरे द्वारा लिखी गयी पहली किताब है। इसमें जो भी बेहतर करने की गुंजाइश हो उसे फीडबैक के जरिये मुझ तक जरूर भेजें ताकि आगामी उपन्यास में, मैं उसे समाहित कर सकूँ।

**- मनीष भार्गव**

# 1.

7 जनवरी 2020 का दिन था, सर्दी का मौसम था। दिल्ली में सर्दी के साथ-साथ प्रदूषण का भी मौसम होता है। पिछले कुछ वर्षों से प्रदूषण के नाम पर, सरकारों को छुट्टी भी घोषित करनी पड़ रही है। सुबह के लगभग 9:00 बजे का समय था। दिल्ली मेट्रो उसी रफ़्तार, उसी भीड़ के साथ दिखाई दे रही थी, जैसी हर रोज़ दिखाई देती थी। मैं हर रोज़ जनकपुरी वेस्ट से इसी समय मेट्रो पकड़ा करता था।

जैसे ही मैं, मेट्रो के कोच के अंदर पहुँचा; "गुड मॉर्निंग सर!" जसविंदर, रितु और फ़ाज़िल एक साथ बोल पड़े।

"गुड मॉर्निंग! अरे वाह, फ़ाज़िल तुम भी आये हो आज!"

"हाँ सर, मैं जसविंदर सर के घर ही रुका था आज।"

हम सब मेट्रो से 'ऑर्कियोलॉजी सर्वे ऑफ़ इंडिया' मतलब हमारे ऑफ़िस तक पहुँचने के लिए मंडी हाउस तक सफ़र किया करते थे। दोनों स्टेशन ब्लू लाइन पर ही हैं इसलिए बिना मेट्रो बदले हम आसानी से ऑफ़िस तक पहुँच जाते थे।

इससे पहले द्वारका मेट्रो स्टेशन से मेरे ही ऑफ़िस के दो अन्य साथी मेरा इंतज़ार करते थे और हर रोज़ मेट्रो पकड़ते ही अपनी लाइव लोकेशन व्हाट्सएप के ज़रिए शेयर कर दिया करते थे, ताकि मैं बग़ैर बार-बार फ़ोन किए या बिना उन्हें परेशान किए; उसी ट्रेन में, उसी कोच को पकड़ सकूँ, जिससे अगले 35 से 40 मिनट का समय हम बातचीत करते हुए गुज़ार सकें। हम सब एक ही ऑफ़िस में, यानि मंडी हाउस स्थित ऑर्कियोलॉजी सर्वे ऑफ़ इंडिया में कार्यरत थे। मैं असिस्टेन्ट

डायरेक्टर के पद पर कार्यरत था, मेरा एक साथी जसविंदर, प्रोग्रामर के पद पर था। एक अन्य साथी रितु बख्शी, सर्वेयर के पद पर कार्यरत थी, और तीसरा साथी फ़ाज़िल, जिसने हाल ही में एसएससी के ज़रिए सलेक्शन लेकर हमारे डिपार्टमेंट में जॉइन किया था, वो भी सर्वेयर के पद पर कार्यरत था। चार लोगों की पूरी टीम थी। कोई भी प्रोजेक्ट हम सभी को मिलता था, जैसे फ़िलहाल हम मध्य प्रदेश, भोपाल के पास में हुई एक खुदाई, जो प्राचीन स्थापत्य कला से संबंधित थी, के केस पर कार्य कर रहे थे। यह केस किसी वजह से रीजनल ऑफ़िस से दिल्ली स्थानांतरित किया गया था पर इसके अलावा कालीबंगा, राजस्थान के कुछ नये स्थलों सहित और भी कई अन्य प्रकार के प्रोजेक्ट पर हम कार्य कर रहे थे। हमारी पूरी टीम में हम चारों एक से थे जिसमें से हम तीन, द्वारका और जनकपुरी से होते हुए मंडी हाउस तक पहुँचते थे और वहाँ से हम सभी ऑफ़िस पहुँचते। मुझे कभी नहीं लगता था कि मैं उनका कोई अधिकारी हूँ पर वह सब मुझे सर कहकर ही पुकारते थे और मैं उन सभी के नाम लिया करता था। शायद यह शासकीय कार्यालयों का अनिवार्य सत्य है कि वहाँ पर पद-सोपान बहुत ज़्यादा ज़रूरी होता है या यूँ कहें कि पद हमेशा कार्य से बड़ा माना जाता है। इसके अपने कई फ़ायदे हैं, जिससे असफलता किसी एक व्यक्ति पर थोपना आसान होता है, सामान्यतया उस पर जो सबसे नीचे से हस्ताक्षर करता है। जिस प्रकार लोक प्रशासन में पद-सोपान ऊपर से नीचे की तरफ़ आता है, उसी प्रकार ज़िम्मेदारी और वेतन भी ऊपर से नीचे की तरफ़ घटता हुआ माना जाता है पर असफलता या कमी हमेशा नीचे से ऊपर की ओर घटती हुई

मानी जाती है। जो सबसे पहले नोटशीट पर इनिशियल करता है वही सबसे बड़ा ज़िम्मेदार माना जाता है और कोई ग़लती होने पर ऐसे दिखाया जाता है जैसे संबंधित कार्यालय सहायक या बाबू ही सबसे बड़ा ज्ञाता था। उसने जो लिख दिया, उसी पर सहमत होते हुए फ़ाइल सचिव स्तर तक भेजी जा सकती है। कभी-कभी कोई अधिकारी जो अपने को बहुत बड़े विद्वान मानते हैं, वो साथ में लिख देते हैं 'नियमानुसार कार्रवाही करें', और उसी कार्रवाही से सहमत होकर आगे बढ़ा देते हैं। अब कोई सभी नियम जाने भी तो कैसे? एक व्यक्ति भला लाखों नियम और उससे ज़्यादा संशोधन कैसे जान सकता है! वो तो सिर्फ़ कर्मचारी ही जान सकता है, मतलब पद कार्य से भी बड़ा होता है। हर सरकारी कार्यालय में यह एक वास्तविकता है जो हमें हर जगह दिखाई देती है फिर भला हम जैसे अर्द्ध-विद्वान कैसे इससे बचते! पिछले 4 वर्षों से सब कुछ सामान्य सा था। हमने कई प्रकार के प्रोजेक्ट पर काम किया पर 7 जनवरी 2020 के दिन कुछ ऐसा हुआ जिसने सब कुछ सामान्य नहीं रहने दिया। जी हाँ! '7 जनवरी 2020' - इसी दिन जैसे ही मैं ऑफ़िस पहुँचा, मेरे ऑफ़िस पहुँचने के लगभग एक घंटे बाद दो व्यक्ति मेरे चेंबर में आये। एक पुरुष और एक महिला। देखने में पुरुष 50-55 वर्ष का रौबदार हट्टा-कट्टा ऊँचा व्यक्ति था, सिंघम स्टाइल की मूँछ। साथ में महिला थी, जो पुलिस की वर्दी में थी। मैंने ग़ौर से देखा तो महिला की पुलिस की वर्दी स्पष्ट दिखाई देती थी। कंधे पर दो स्टार थे। इस पर मध्य प्रदेश पुलिस लिखा हुआ था। अब यह तय था कि मध्यप्रदेश की कोई सब-इंस्पेक्टर थी। उसकी उम्र 27 या 28 वर्ष रही होगी और देखने में व्यक्तित्व ऐसा लगा

जैसे किसी साउथ इंडियन अभिनेत्री को पुलिस की वर्दी पहना कर भेजा गया हो। उसकी ड्रैस पर नेम प्लेट लगी थी जिस पर स्पष्ट रूप से नेहा रावत लिखा हुआ दिखाई दे रहा था। साथ ही कुछ नंबर भी लिखे हुए थे जो मुझे समझ में नहीं आये, पर मैंने ज़्यादा ग़ौर भी नहीं किया। बस, यह देखकर स्पष्ट अंदाज़ा लगाया जा सकता था कि यह पुलिस वाले हैं। ऑर्कियोलॉजी में होने वाली खुदाई के दौरान कई प्रकार की घटनाएँ होती हैं, अभिलेख मिलते हैं और उनके कारण पुलिस का हमारे कार्यालय में आना-जाना लगा रहता है। कई बार कई चीज़ों को नये नज़रिए से, किसी और ही रूप में दिखाना और प्रस्तुत करना पड़ता है, इसलिए भी पुलिस का आना तो एक आम बात थी, और बिल्कुल वैसा ही प्रतीत हो रहा था। दोनों आकर मेरे सामने की सीट पर बिना मुझसे बात किए बैठ गये, और मुझे घूर कर देखने लगे। देखने में थोड़ा सा अजीब तो लगा पर दुनिया में इतने प्रकार के व्यक्तियों से मिलना हो चुका है कि अजीब लगने वाली घटनाएँ भी सामान्य लगने लगी हैं। कई बार एक व्यक्ति का आम होना भी दूसरे के लिए अजीब हो सकता है, और किसी का अजीब होना भी किसी के लिए आम हो सकता है। यह कोई नयी बात नहीं है। दोनों मेरे सामने की एक कुर्सी और एक बगल में रखी हुई कुर्सी को खिसकाकर ठीक मेरे सामने बैठ गये, जैसे वो मुझे अच्छे से जानते हों और रेग्युलर आते रहते हों; पर मैंने उन्हें इससे पहले कभी नहीं देखा था। एक बार को लगा शायद कोई बचपन का स्कूल फ्रेंड हो पर दोनों की उम्र ऐसा भी नहीं लगने दे रही थी। फिर लगा कोई टीचर और उनकी बेटी आये होंगे पर ऐसा भी कुछ प्रतीत नहीं हुआ, वो दोनों लगातार मेरी

तरफ़ घूर कर देखे जा रहे थे। मैंने उन सज्जन की तरफ़ देखकर कहा-

"फ़रमाइए श्रीमानजी।"

इस पर भी उनका कोई जवाब आता न देख मैंने मैडम से कहा, "मोहतरमा, फ़रमाइए! क्या मदद कर सकते हैं आपकी?"

सब इंस्पेक्टर नेहा ने उन सज्जन की तरफ़ इशारा करते हुए कहा, "यह हैं मोनेन्द्र सिंह, इंस्पेक्टर मध्य प्रदेश पुलिस, और मैं नेहा रावत सब-इंस्पेक्टर (स्टेनो) मध्य प्रदेश पुलिस एसटीएफ ब्रांच भोपाल।"

"जी बताने के लिए शुक्रिया पर मुझे नाम से ज़्यादा आपके आने की वजह में इंटरेस्ट है, फिर भी चलो मैं भी अपना परिचय दे ही दूँ...."

मुझे बीच में ही रोकते हुए इंस्पेक्टर ने कहा, "पंकज जैन! असिस्टेंट डायरेक्टर। डेट ऑफ बर्थ 8 अगस्त, सन 1985 का मॉडल हो। ग्राम रहेवा, तहसील निराजो, ज़िला ग्वालियर मध्य प्रदेश। स्कूल की पढ़ाई नवोदय विद्यालय से, कॉलेज की पढ़ाई ग्वालियर से। इसके बाद कुछ समय मध्य प्रदेश में अपनी ही तहसील के हल्का नंबर 17 में पटवारी रहे। यहाँ आने से पहले केंद्र सरकार के दूसरे महकमे में थे, जिसमें पोस्टिंग मध्यप्रदेश में थी। उसी दौरान शेयर मार्केट में कुछ हेरा-फेरी करने के सिलसिले में डिपार्टमेंटल इंक्वायरी भी हुई थी, जिसमें आज तक किसी को यह भी नहीं पता कि हुआ क्या था, पर यह तय था कि तुमने कुछ किया था।"

मेरे इस प्रकार के अतीत के बारे में किसी को कुछ नहीं पता था। यह सब सुनकर घबराहट हो रही थी। इस प्रकार के शब्द पुलिस से सुनना और भी ज़्यादा संदेह पैदा कर रहा था। यह सब सुनते ही मुझे थोड़ा अजीब लगा क्योंकि मेरे सामने ऐसा कभी हुआ नहीं था। धड़कन तेज़ हो रही थी और अब मुझे लग रहा था कि यह कुछ अलग ही मामले के सिलसिले में मेरे पास आये हैं।

मैंने कहा, “इन सब चीज़ों से आपको क्या मतलब है? आप किसलिए आये हैं, मुझे यह बताएं।”

उन महाशय ने उस लड़की की तरफ़ इशारा किया। वह कहने लगी, “हम यहाँ एक मर्डर के सिलसिले में जानकारी हासिल करने आये हैं। हमें शक है कि या तो आपने वह किया है, या आप उसमें शामिल हो सकते हैं। इसी कारण हम आपसे कुछ जानकारी लेने आये हैं। उम्मीद है कि आप हमारा सपोर्ट करेंगे, हालाँकि किसी भी प्रकार के लीगल डॉक्युमेंट्स में आपका अब तक ज़िक्र नहीं है, पर कुछ संदेह हैं जिनके कारण सर और मैं आपसे कुछ सवाल जवाब करने आये हैं।”

इतने में इंस्पेक्टर बोल पड़ा, “ज़िक्र नहीं है का मतलब यह नहीं है कि हम तुमसे पूछताछ नहीं कर सकते, इसका मतलब है कि हम किसी निर्दोष को नहीं फँसाना चाहते। यदि आपने सपोर्ट नहीं किया या ग़लत जानकारी देकर गुमराह करने की कोशिश की तो हमें आप पर शक करने की पर्याप्त वजह मिल जायेगी। और, औपचारिकता के लिए हम क़ानूनी दस्तावेज़ लेकर आये हैं, जिसकी जानकारी आपके उन अधिकारियों को

दी जा चुकी है जिनको बताना ज़रूरी है। अगले कुछ दिन हम आपसे ऐसे ही मिलते रहेंगे।"

अब यह सब मेरे लिए डरावना होता जा रहा था। पहले तो मुझे लगा कि यह सब कैसे हो सकता है! ऐसी क्या चीज़ हो सकती है और मैं तो ऐसी किसी भी चीज़ से जुड़ा ही नहीं हूँ! न ही मेरे साथ ऐसी कोई घटना हुई, फिर मैं वहाँ से सीधा उठकर अपने सीनियर के पास गया, जो हमारे उस ऑफ़िस के इंचार्ज भी हैं। मैंने सीधे उनके ऑफ़िस में जाकर कहा, "सर, मेरे ऑफ़िस में दो पुलिस वाले आये हुए हैं जो फ़ालतू बातचीत कर रहे हैं, और मुझे काम करना है। वो कह रहा है आपको इस बात की जानकारी है, जबकि आपको पता है कि मुझे कल जयपुर भी जाना है।"

मेरे सीनियर बड़ी शांति से मेरी तरफ़ देख कर बोले, "मैं वहीं तक आपकी मदद कर सकता हूँ जहाँ तक मुझे समस्या न हो। यह कोई आम केस नहीं है। एक मर्डर के सिलसिले में पूछताछ है और यदि मैं उनका सपोर्ट नहीं करूँगा तो वो, मुझे भी तुम्हें बचाने के आरोप में, आरोपी बना सकते हैं। मैं इस चक्कर में नहीं पड़ना चाहता। मैं इस मामले में आपकी कोई मदद नहीं कर पाऊँगा। साथ ही मैंने उन्हें आश्वासन दिया है कि अगले दस कार्यदिवस तक आप कहीं नहीं जाएँगे। उनका डिपार्टमेंटल लैटर आया है, जिसके हिसाब से आप उनकी हर वो मदद करें जो भी वो चाहते हैं।"

"सर आपको तो पता ही है कि किसी भी सरकारी कर्मचारी को वरिष्ठ अधिकारियों की परमिशन के बिना इस तरीके से परेशान नहीं किया जा सकता और वह सिर्फ़ एक लैटर

लेकर आये हैं, कोई FIR नहीं है। आप चाहें तो उन्हें टाल सकते हैं। प्लीज़ सर! क्या आपको लगता है कि मैं ऐसा कुछ कर सकता हूँ?"

"क्या तुम सतीश को जानते हो, जो तुमसे पहले तुम्हारी इसी पोस्ट पर था? सर ने पूछा।

मैंने हाँ में सिर हिलाते हुए कहा, "मैं जानता हूँ। उसने सुसाइड की थी शायद।"

"जी हाँ वही। वो मेरे ऑफ़िस का, मेरा, सबसे भरोसेमंद व्यक्ति था। जिसका मैं हमेशा साथ देता था लेकिन उसकी मौत के बाद उसकी तरफ़ से तीन-तीन पत्नियों ने केस दर्ज कर रखा है, उसकी नॉमिनी के रूप में! एक के पास मैरिज सर्टिफिकेट है, एक ने कोर्ट मैरिज की थी और एक के पास सामाजिक सबूत हैं कि वो साथ रहती थी।"

मैं चौंक गया। "क्या?! सर्विस बुक में चेक कर लो सर, किसका नाम लिखा है! उसने भी तो अपने नॉमिनी का नाम लिखा होगा।"

सर ने खड़े होकर अपनी टेबल की दराज़ से एक सर्विस बुक की कॉपी निकालते हुए कहा, "यही तो और बड़ी समस्या है। सर्विस बुक में जिसका नाम है उसने तो अब तक क्लेम ही नहीं किया। और उसकी पत्नियों को लगता है कि यह सब मैंने रिकॉर्ड में हेरा-फेरी कर के किया है।"

"सर यह थोड़ी अलग बात है, पर मेरी बात तो कुछ और ही है न।"

"देखो भाई, इस बात से मुझे समझ में आ गया कि कोई भी व्यक्ति प्रोफेशनल लाइफ़ में बहुत अच्छा हो सकता है पर

इसका मतलब यह बिल्कुल भी नहीं कि वह निजी लाइफ़ में भी उसी तरीके से ईमानदार या एक आदर्श व्यक्ति हो। कई लोग जीवन में इतने अच्छे कलाकार होते हैं कि वह अपने हर रोल को बखूबी निभाते हैं। जब ऑफ़िस में होते हैं तो लगता है इससे अच्छा कोई हो ही नहीं सकता, जब घर में हैं तब उस रोल को बखूबी निभाते हैं। और हो सकता है एक रोल में हीरो हों तो दूसरे में विलेन। मैं किसी पर भरोसा नहीं कर सकता, मैं आपका सिर्फ़ ऑफ़िस के काम में ही सपोर्ट कर सकता हूँ, किसी और काम में नहीं। जहाँ तक मुझे दिक्कत नहीं होगी, मदद करने को तैयार हूँ। ऐसे मामलों में मदद नहीं करूँगा, तुम्हारा मैटर तुम ही जानो। माफ़ी चाहता हूँ, कृपया, अब आप जा सकते हैं।"

मैंने गहरी सांस ली और वापस अपने चेंबर में आया, मुझे लगा जब कोई साथ नहीं देगा तो फिर हमें ही ख़ुद का साथ देना पड़ता है। मुझे अपने गुरु, जो मेरे बड़े भाई की तरह थे उनकी एक बाद याद आयी कि जब भी समस्या हो तो ध्यान रखना आपकी मदद सिर्फ़ आप ही कर सकते हो और हर उस मदद में ईश्वर कैटेलिस्ट का काम करता है। और वास्तविकता यही है कि ज़िंदगी भर हमारे सबसे बड़े साथी हम ही होते हैं। फिर मुझे लगा कि हो सकता है मेरा नाम ग़लती से आ गया हो! हो सकता है इनसे कोई मिस-अंडरस्टैंडिंग हो गयी हो, या हो सकता है इस नाम का कोई और हो किसी ऑफ़िस में। मैं इस प्रकार की कई बातें सोचते हुए इंस्पेक्टर से अपनी बात यूँ कहने लगा जैसे कोई बच्चा अपनी सफ़ाई देता है।

वो बड़े इत्मीनान से मुझे देख रहा था। कुछ देर बाद बोला, "देख भाई, यह दिल्ली है इसलिए हम बात कर रहे हैं और

सभ्य भाषा में बोल रहे हैं। मैं यहाँ इस जनवरी की सर्दी में यहाँ का प्रदूषण और दिखावटी चेहरों के साथ रेंगते हुए ट्रैफिक को देखने या किसी ग़लतफ़हमी के कारण नहीं आया हूँ। मुझे महकमे में संभव सिंह नाम से भी जाना जाता है क्योंकि मैं हर काम को संभव करना जनता हूँ। हम पहले ही आपके अधिकारियों से मिलकर आये हैं और आप अगले दस दिन तक दिल्ली से बाहर नहीं जाएँगे। हम आपको परेशान नहीं करेंगे, न ही हम आपको कहीं ले जा रहे हैं। बस हम यहीं, आपके ऑफ़िस में ही आपसे जवाब चाहते हैं, उम्मीद है आप हमारा साथ देंगे, और इज़्ज़त के साथ हमारे सवालों के जवाब देंगे।"

"देखूँगा। पहले मुझे पता तो चले कि यह सब कुछ हो क्या रहा है? अभी मेरी समझ में कुछ भी नहीं आ रहा है। आप लोग क्या पूछ रहे हो और किस कारण से आप यहाँ आये हो!"

इंस्पेक्टर ने कहा, "समझने की कोई ज़रूरत नहीं है। हम उसी भाषा में बात कर रहे हैं जो तुम्हें आती है। यदि यह भाषा समझ में न आ रही हो तो दूसरी भाषा भी आती है मुझे, जिसमें बिना बोले ही काम हो जाता है।"

अब मुझे सीधे तौर पर आने वाला समय ठीक नहीं लग था फिर भी मुझे लगा तसल्ली से बात की जाये तो शायद कोई हल निकल जाये।

"आपकी बिना शब्दों की भाषा से मैं भली-भाँति परिचित हूँ श्रीमानजी। वैसे भी यदि शब्द हटा दिये जाएँ तो दुनिया की सभी भाषाएँ एक ही हैं, जो हर किसी को समझाई जा सकती हैं। सिर्फ़ शब्द और व्याकरण ही उसे बदलते हैं और यही शब्द हैं जो भाषा में अवरोध उत्पन्न कर देते हैं, जो भाषा

की सीमा को बांध देते हैं। और मुझे पता है कि आप किस भाषा की बात कर रहे हैं। ध्यान रखें श्रीमान जी कि मैं भी एक शासकीय कर्मचारी हूँ, आपसे बड़े पद पर हूँ, और आप इस तरीके से मुझे टॉर्चर नहीं कर सकते। कोई वारंट है आपके पास?"

"अभी नहीं है, पर यह कोई बड़ी चीज़ नहीं है, मैं 2 दिन में मंगा सकता हूँ, लेकिन उससे आपको ही दिक्कत होगी। बेहतर होगा आप ऑफ़ द रिकॉर्ड हमारे सवालों के जवाब दें, ताकि हमें तसल्ली हो जाये। मैं नहीं चाहता कि किसी व्यक्ति को फँसाया जाये। यदि आप सही हैं तो मैं आपको इस केस से दूर रखूँगा, उसके लिए मुझे तसल्ली होना ज़रूरी है कि आप सच में बेगुनाह हैं या कुछ और बात है।"

"यदि मैंने कोई पाप या अपराध न किया हो तो?"

"देख भाई, पाप किया या नहीं किया, इससे मुझे कोई फ़र्क नहीं पड़ता, पर यदि अपराध किया होगा तो उठा कर ले जाऊँगा। हम पापी को नहीं अपराधी को पकड़ते हैं।"

"ठीक है, मुझे 2 दिन का वक़्त चाहिए। मैं सोचता हूँ क्या कर सकता हूँ।"

"मेरे पास ज़्यादा समय नहीं है, दिल्ली का खर्चा इतना है कि हमारी सरकार दे नहीं पाती और मैं कोई घर खरीदने या बेचने नहीं आया जो वक़्त दूँ, पर कल तक सोच लो किस तरीके से मानोगे। ठीक 24 घण्टे बाद हम मिलेंगे, और हाँ दिल्ली से बाहर नहीं जाना, मैं मध्य प्रदेश भवन में ठहरा हूँ, यह मेरा नंबर है, ज़रूरत पड़े तो संपर्क कर सकते हो।"

मुझे देख कर मुस्कुरा कर दोनों बाहर चले गये। हमारे डिपार्टमेंट की कैंटीन में बैठकर दोनों चाय पीने लगे। कुछ देर में नेहा ने मोनेन्द्र से पूछा, "सर क्या आपको लगता है कि यह ऐसा कर सकता है?"

"देखो, मेरे लगने या न लगने से कुछ नहीं होता। हमें सच्चाई जाननी है। मैंने अपने जीवन में इतने केस सॉल्व किए हैं पर यह केस मुझे कहीं न कहीं खटकता है, मैं इसे सॉल्व नहीं कर पाया। दुनिया में जितने भी मर्डर होते हैं, वो सिर्फ़ तीन वजहों से होते हैं। पहला - बदला, जिसे मैं न्यूटन का नियम या फिजिक्स कहता हूँ। दूसरा - इश्क़, जिसे मैं केमिस्ट्री या रसायन कहता हूँ। तीसरा - ज़मीन, जिसे मैं भूगोल कहता हूँ। मतलब फिजिक्स, रसायन और भूगोल, सिर्फ़ यही कारण हैं मर्डर के। और यह उसका आशिक़ था, मजनू से भी बड़ा वाला, इसलिए इसके पास इश्क़ और बदला, दोनों कारण थे।"

हँसते हुए नेहा ने कहा, "अब समझ आया आपको यह सस्पेक्ट क्यों लगा! फिजिक्स और केमिस्ट्री!" दोनों ज़ोर-ज़ोर से हँसते हैं।

"मैं चाहता हूँ कि अगले 6 महीने में या इस साल में मतलब इस 2020 में ही इसे सॉल्व कर लूँ, क्योंकि आगे मेरा प्रमोशन होना है, और मैं कोई भी केस अनसुलझा नहीं छोड़ना चाहता।"

"हमें इससे क्या-क्या जानना है, और आपने इसके लिए मुझे क्यों चुना? आपको पता है, मैं एग्ज़ाम वाले केस में थी।"

"तुम्हें चुनने की दो वजह थीं। पहली यह कि मेरे पुराने अनुभवों से मैंने देखा है, दिल्ली में लोग अंग्रेज़ी में ज़्यादा

बड़बड़ाते हैं, शायद वो अपने स्टेटस को दिखाने के लिए ऐसा करते हों, और मेरी अंग्रेज़ी थोड़ी कमज़ोर है। दूसरा, मुझे साइबर एक्सपर्ट की ज़रूरत थी, और लिखा-पढ़ी करने में एक स्टेनो से बेहतर कौन हो सकता है?

जो भी मेरी कमियाँ थीं, वो एक व्यक्ति से पूरी हो रही हैं इसलिए मैंने स्पेशल रिक्वेस्ट करके तुम्हारे लिए कहा था। साथ ही, मुझे एक भरोसेमंद व्यक्ति की ज़रूरत थी क्योंकि इस केस के क़ानूनी पहलू अपने फ़ेवर में नहीं हैं।

सबसे पहले तो हमारे लिए किसी भी व्यक्ति का अतीत जानना बहुत ज़रूरी है। अतीत ही है जो हमें किसी व्यक्ति के वर्तमान को समझने में मदद करता है। सो, पहले तो उसका अतीत जानते हैं, इसके अलावा हमें दो-तीन चीज़ों को समझना है। इसे मेडिकल की किस लेवल की नॉलेज है, इसकी पुरानी सभी पोस्टिंग्स का ब्यौरा, क्योंकि इसने इस जॉब में अपने को फ्रेशर बताया है, कोई एक्सपीरियंस शो नहीं किया, और इस पर जो पहले इन्क्वायरी हुई थी उसकी डिटेल चाहिए। शायद उससे इसे समझने में कुछ मदद मिले। मैंने समझने की कोशिश की थी, शेयर मार्केट से रिलेटेड कुछ मैनिप्युलेशन हुआ था, पर वो समझ में आया नहीं, कुछ टेक्निकल था, इसलिए तुम्हें साथ लाया हूँ। और हाँ, इसका कॉल रिकॉर्ड चेक करना, उससे भी हमें कुछ क्लू या इसके स्तर को जानने में मदद मिल सकती है।"

पूरी बात सुनकर नेहा बोली "सर, आपने इसके नंबर को ट्रैक करने के लिए पिछले महीने बोला था, मैंने 2 बार ट्राय किया पर हम इसका नंबर ट्रैक या हैक नहीं कर सकते।"

“ऐसा कैसे हो सकता है? हम तो किसी का भी नंबर ट्रैक या हैक कर सकते हैं। हमारे पास तो पॉवर है, जिसका उपयोग हम किसी भी आम आदमी पर तो कर ही सकते हैं।” मोनेन्द्र थोड़ा हतप्रभ था।

“मुझे भी थोड़ा अजीब लगा फिर मैंने इस मामले पर भोपाल के सबसे एक्सपर्ट अधिकारी (जो पूर्व में IB में भी रह चुके हैं) से भी बात की, उन्होंने बताया ऐसा 2 मामलों में संभव है। एक तो यह क्रिप्टो फ़ोन यूज़ करता हो...”

“वो क्या होता है?”

“वो दुनिया के सबसे सेफ़ेस्ट फ़ोन होते हैं। सचिव या मंत्री स्तर के लोग यूज़ करते हैं। उसको यदि कोई हैक या ट्रैक करने की कोशिश करता है तो वो अपने आप डिसकनेक्ट हो जाते हैं, और डिस्प्ले पर जानकारी आ जाती है। उसे गवर्नमेंट एजेंसी तक नहीं ट्रैक कर सकती। उसकी परमिशन लेनी पड़ती है, पर इसके फ़ोन को देखकर लगा ऐसा कुछ नहीं है। यह सिंपल एंड्रॉइड फ़ोन यूज़ करता है। दूसरा कारण यह भी हो सकता है कि यह ख़ुद हमसे अच्छा हैकर हो, जो फ़ोन को सिक्योर रखने के तरीके जानता हो!”

इंस्पेक्टर ने गहरी सांस लेते हुए कहा, “इसकी नींव खोदनी पड़ेगी। इसकी गहराई जानो, इसकी और डिटेल पता करो। तोमर को फ़ोन करके बोलो कि सोशल मीडिया और सब जगह से पता करे। कल मिलने से पहले हम एक काम और करते हैं, इनके ऑफ़िस के जो इसके करीबी हैं, हम उन सब से थोड़ी सी जानकारी हासिल करने की कोशिश करते हैं। सबसे पहले यहीं कैंटीन से जानना शुरू करते हैं।”

इंस्पेक्टर ने ज़ोर से आवाज़ लगाकर केन्टीन के सर्व करने वाले लड़के और मैनेजर को बुलाया। मोबाइल में फ़ोटो दिखाते हुए पूछा, "इन साहब को जानते हो?"

मैनेजर बोला, "हाँ सर, लगभग 3-4 साल से यहाँ हैं। और काफ़ी अच्छा स्वभाव है, बहुत ही अच्छे साहब हैं।"

"अच्छे का मतलब?" इंस्पेक्टर ने पूछा।

"अच्छे का मतलब पैसा टाइम पर देते हैं, कभी-कभी टिप दे देते हैं हमारे कर्मचारियों को। दूसरों के भी पेमेंट अक्सर वही कर देते हैं, ख़ुद ही सबको चाय पिलाते हैं। चाय बहुत पीते हैं।"

"और कौन-कौन आता है उनके साथ?"

"उनके साथ अक्सर एक सरदार जी आते हैं। और कभी-कभी वो मैडम आती हैं, उनके साथ बहुत देर तक यहीं बैठे-बैठे बात करते रहते हैं। कभी-कभी और भी कोई आ जाता है पर अक्सर यही आते हैं। मैडम ही सबसे ज़्यादा इनमें दिखाई देती हैं।"

कैंटीन से ये जानकारी प्राप्त कर नेहा और मोनेन्द्र वापस अंदर चले गए और जसविंदर सिंह, जो प्रोग्रामर था उससे मिले।

"सत श्री अकाल सरदारजी!" इंस्पेक्टर ने सर्वर रूम में आते ही कहा।

जसविंदर ने खड़े हो कर दोनों को नमस्ते किया।

"तुम्हारे साहब के बारे में थोड़ी सी तफ़्तीश करने आये हैं।"

"तफ़्तीश मतलब?"

"मतलब, पूछताछ!"

"अच्छा! बताइए सर।"

"पंकज को कब से जानते हो?"

"जब से मैं यहाँ हूँ तब से मुलाक़ात हुई है।"

"मतलब कब से? 7 साल से?"

"नहीं, मेरा मतलब 2 साल से, इससे पहले मेरी पोस्टिंग जयपुर थी।"

"किस लेवल की जान पहचान है?"

"सर को कम्प्यूटर की बहुत नॉलेज है जिससे मुझे अक्सर कुछ न कुछ सीखने को मिलता है, और फिर हम मेट्रो से भी साथ आते हैं। उनका नेचर ही ऐसा है कि सबसे अच्छी पटती है, इसलिए मेरी अच्छी पटती है। मुझे जब भी मदद की ज़रूरत हो तो हमेशा मेरी मदद करते हैं।"

"तुम तो प्रोग्रामर हो, क्या क़्वॉलिफ़िकेशन है तुम्हारी?" नेहा बोली।

"जी MCA."

"उसके बावजूद भी तुमसे ज़्यादा जानते हैं वो कम्प्यूटर के मामले में?"

"जी मैडम! कम्प्यूटर ही नहीं, हर चीज़ के बारे में जानते हैं। किताबों की इल्ली हैं। क़ानून, फाइनेंस, कम्प्यूटर, इतिहास, ज्योतिष, पता नहीं क्या-क्या जानते हैं और कई भाषाएँ भी आती हैं, शेयर मार्केट का एक्सपर्ट है बन्दा, मेरा भी डीमेट एकाउंट खुलवा दिया।"

"अच्छा? कर्मचारियों के लिए तो यह इल्लीगल है?"

"मुझे भी यही पता था पर उन्होंने ही बताया स्पेक्युलेशन इल्लीगल है, इन्वेस्टमेंट नहीं। यह अधिकार है सभी का।"

"शेयर मार्केट का क्या काम करता है वह?"

"यह तो नहीं पता सर। कभी-कभी सिस्टम यूज़ करते हैं, तो मुझे पता चला।"

"तुमने जानने की कोशिश नहीं की?"

"सर एक बार ज़रूर चेक करने की कोशिश की थी पर वह जो भी यूज़ करते हैं, वह रिकॉर्ड में नहीं आता।"

"ऐसा कैसे हो सकता है?"

"जी वो किसी सेफ़ ब्राउज़र को यूज़ करते हैं या फिर शायद उस हिस्ट्री को परमानेंट डिलीट कर देते हैं, या पता नहीं कुछ और करते हों। जो भी है, वही जानें। मैं इतनी टेंशन नहीं लेता।"

जसविंदर से बात करने के बाद मोनेन्द्र ने नेहा से कहा, "चलो रितु से बात करते हैं।"

नेहा ने टोकते हुए सुझाव दिया, "सर, फ़ाज़िल से पूछें कुछ?"

"उसे रहने दो अभी ज्वॉइन किया ही है, उसे कुछ पता नहीं होगा। यह जो लड़की है, इसे बहुत कुछ पता होगा। जो लोग इमोशनल होते हैं, वह लड़कियों से बहुत कुछ शेयर कर दिया करते हैं।"

"ठीक है सर।"

दोनों रितु के पास पहुँचे, और उससे मेरे बारे में जानने की कोशिश की। उसने लगभग वही बताया जो उन्हें पहले से पता था।

"पंकज का किसी से अफ़ेयर है, या कभी था?" इंस्पेक्टरर ने सवाल दागा।

वो ख़ामोश रही।

"किसी से अफ़ेयर है?" इस बार नेहा ने पूछा।

"मुझे नहीं लगता किसी से है।" रितु ने कहा।

"पास्ट में किसी से रहा हो!"

थोड़ी देर ख़ामोश रहकर रितु बोली, "कहा न सर, मुझे नहीं लगता। मुझे जानकारी नहीं है।"

"और कुछ जो तुम बताना चाहो उसके बारे में?"

"नहीं!" ना में सिर हिलाते हुए रितु ने कहा।"

"चलो, चलते हैं। कल देखते हैं, कल से क्या होता है।" इंसपेक्टर ने उठते हुए कहा।

"अब फ्री हैं सर? मैं शॉपिंग करने जा सकती हूँ?" नेहा ने इजाज़त माँगी।

इंस्पेक्टर उसे देखते हुए कहा, "कभी-कभी तो सच में मुझे लगता है कि अगर बच्चे और औरतें न हो तो पूरे मार्केट ही बंद हो जाएँ! ऐसी क्या शॉपिंग करनी है? अभी तो शादी भी नहीं हुई तुम्हारी, क्यों फालतू खर्चा करती हो?"

"सर, खर्चे तो मर्द भी करते हैं।"

"अरे मर्दों के भरोसे तो सिर्फ़ रेस्टोरेंट और बार ही चल सकते हैं मार्केट नहीं।"

दोनों हँसते हुए बाहर निकल गये।

उस दिन ऑफ़िस में, मैं जैसे ही सबसे मिला, मुझे इन सब बातों का पता चला। रितु के साथ मैं कैंटीन गया जहाँ उसने मुझे कहा, "क्या यह सब सच है जो पुलिस वाले बोल रहे थे?"

"नहीं।" मैंने कहा।

"आप पुरानी यादों को भुला क्यों नहीं देते? सब कुछ मिटा दो अपनी यादों से। यह सब इसलिए ही हो रहा है क्योंकि आप बार-बार उन चीज़ों को अट्रेक्ट कर रहे हो और यह सब तब तक होता रहेगा जब तक आप याद करोगे। ऐसा मैंने एक किताब में पढ़ा था। आप भी अक्सर यही कहते हो न, सबकॉन्शियस माइंड में जो जाता है वही घटनाएँ चारों तरफ़ होती रहती हैं।"

मैंने कहा, "इतना आसान नहीं है यादों को मिटाना। यादें ही हैं जो अमर होती हैं, जिसे कोई आत्मा कहता है, कोई मन, कोई यादें। इन पर उम्र का, समय का, शरीर का, कोई फ़र्क नहीं पड़ता। इन यादों में हम जिसको जैसा देखना चाहते हैं, वो वैसा दिखाई देता है।"

"वो कल्पना है सर, यादें नहीं।" रितु ने चाय पीते हुए कहा।

"जो अतीत है, वो सब यादें ही हैं। कल्पना तो भविष्य की होती है, जिसे सपने भी कहते हैं। हर कोई भविष्य के सुखद सपनों में जीना चाहता है क्योंकि वो भी यादों की ही तरह अमर हैं, कभी मरते नहीं।" मैंने कहा।

"और यह क्या मामला है? इनसे कैसे निबटोगे?" रितु ने अपनी शंका ज़ाहिर की।

"समस्या अपने-आप हल खोज लेती है, बस उसे थोड़ा समय मिलना चाहिए।"

"पर यह समस्या ऐसी नहीं लगती सर।" रितु बोली।

"समस्याएँ सभी एक सी होती हैं। यह एक थ्योरम की तरह हैं। हमारा समस्याओं के प्रति रिएक्शन, उनके समाधान से डायरेक्टली प्रोपोर्शनल होता है। मतलब, कोई व्यक्ति, समस्या क्या है, इससे ज़्यादा निर्भर इस बात पर रहता है कि उसे कैसे डील किया जा रहा है। कई लोग जिस बात पर रोते हैं दूसरे लोग उसी को एन्जॉय करते हैं। और ऐसा एक बार और हो चुका है मेरे साथ, यह कोई नया नहीं है। मुझे उसी समय यह एहसास हुआ था कि क़ानून की जानकारी एक अनिवार्य जानकारी है, जो हम सबको होनी चाहिए। तब भी पुलिस मुझसे घण्टों पूछताछ करती थी। और उस समय, यह भी एहसास हुआ कि जैसे आधे बच्चे मैथ के xyz देखकर सवाल से दूर भागते हैं, जिससे वो अलजेब्रा और कैल्कुलस जैसे टॉपिक को ज़िंदगी भर कठिन समझते रहते हैं, वैसे ही पुलिस वाले भी, मर्डर, प्यार, बदला, अपहरण, रिश्वत इनसे आगे नहीं बढ़ना चाहते। और यही कारण है कि आज के समय के क्राइम के हिसाब से पुलिस के अधिकतर लोग अप्रासंगिक होते जा रहे हैं और इसलिए सरकार भी उनका उपयोग सिर्फ़ बैरिकेट्स लगाने, चुनाव कराने, लोगों को डराने जैसी चीज़ों में ही करती है। और आज के समय के हिसाब से जो क्राइम हो रहे हैं, उनके लिए सरकार को एक्सपर्ट्स की ज़रूरत होती है जो अलग-अलग संस्थाओं के नाम से हर रोज़ हमें दिखाई देती है। जैसे साइबर, फॉरेंसिक, वित्तीय अनियमितता विभाग, पर इनमें भी कोई भी एक्सपर्ट नहीं

होते क्योंकि यहाँ भी सरकार उन लोगों को भेजना पसंद करती है जो नेताओं के काम के नहीं होते, या जो लाइन अटेच होते हैं। या फिर कुछ ऐसे भी होते हैं जो किसी कारण से छुट्टी चाहते हैं, जैसे कोई पढ़ाई कर रहा हो, या कोई अपने गृह ज़िले में ऑफ़िस होने की वजह से पोस्टिंग चाहता हो। मतलब, यहाँ भी सभी वैसे ही लोग आते हैं जो एक्सपर्ट नहीं होते। पर यह भी सच है कि सरकारी काम कभी रुकते नहीं हैं तो थोड़े-बहुत लोग कुछ लिमिट तक एक्सपर्ट बन जाते हैं और लाल-बुझक्कड़ की तरह सभी का मार्गदर्शन करते हैं। इसी कारण जब क्राइम इनके ऊपर का हो तो इन्हें समझ नहीं आता और फिर यह अपनी थ्योरी बदल-बदल कर उसकी व्याख्या करते रहते हैं और जनता को यह लगता है कि यह सब पुलिस के राजनीतिकरण के कारण हो रहा है, जबकि वास्तविकता यह है कि यह सब पुलिस की अकुशलता के कारण या उनको प्रॉपर ट्रेनिंग न दिये जाने के कारण होता है। पुलिस दबाब में तो काम करती है, पर नेताओं के नहीं, परिवार के। किसी को समय चाहिए होता है, जो यह नहीं दे सकते। किसी को पैसा चाहिए होता है जिसकी कोई लिमिट नहीं होती।"

तभी चाय वाला आकर बोला, "सर, कुछ और लाऊं?" उसका मतलब था कि समय होने वाला है। सर्दियों में कैंटीन 5 बजे के आस-पास बंद करने लगते हैं।

"नहीं, हम जा रहे हैं।" मैंने कहा।

"सर, आप कुछ पुराने केस के बारे में बोल रहे थे।" रितु बोली।

"हाँ! वो कुछ नहीं, कई साल कलेक्टर ऑफ़िस में काम करने के कारण इस प्रकार के बहुत से केस देख चुका हूँ।" मैं विषयांतर करते हुए बोला।

अब तक शाम के 5 बज चुके थे। मैंने कहा, "अब मैं घर जा रहा हूँ, कल मिलते हैं। मैं पहले अपने एक मित्र के पास जाऊँगा, फिर घर पहुँचूंगा। आज तुम निकल जाना।"

"ओके सर। बाय। टेक केयर।"

"टेक केयर नहीं गिव केयर।" मैंने हँसते हुए कहा।

मैं उस दिन अपने स्कूल के मित्र, बचपन के मित्र, सनी रजक, जो मेरे हर दुःख का साथी था और वर्तमान में एक देश की प्रसिद्ध महारत्न कम्पनी में CA के पद पर था, उसके पास गया। तीन-चार घंटे साथ बैठे। हमने बाहर एक रेस्टोरेंट में डिनर किया। फिर मैं अपने घर वापस आया। कुछ देर कम्प्यूटर चलाया, फिर एक बंगाली साहित्य की किताब उठा कर पढ़ने लगा। मैं आजकल बांग्ला भी सीख रहा था और उसके लेवल को बढ़ाने के लिए प्रैक्टिस ज़रूरी है, इसलिए उसी भाषा में साहित्य पढ़ता था। किताब को पूरा पढ़ने में थोड़ा समय ज़्यादा लगता था। जो 2 दिन में पूरी हो सकती थी, उसमें 6 दिन लगते थे पर मुझे किताबों का मूल स्वरूप ही पढ़ने में अच्छा लगता था क्योंकि ट्रांसलेशन के बाद उस किताब की मूल आत्मा, वस्त्र बदल लेती है। फिर उस किताब में ट्रांसलेशन करने वाले के पूर्वाग्रह भी आ जाते हैं। और आजकल लोग इतने ज़्यादा विद्वान होने लगे हैं कि किताब में जो नहीं लिखा वो भी बताने लगते हैं या उस पर थोपने लगते हैं। कुछ लोग इसे read between the lines कहते हैं। इसी कारण मुझे कई भाषाएँ सीखने को

मिलीं या यूँ कहें कि सीख गया। किताब पढ़ते-पढ़ते 12 बज चुके थे। मैं सो गया यह सोचकर कि -

"वादा तो किया है, उसने मिलने का,
ऐसा न हो, वो ही मुझसे मिल ले।"

## 2.

*“अतीत अमर है, भविष्य के जैसा,*
*वर्तमान क्षणिक है, जीवन जैसा।*
*यादें अतीत की, सपने भविष्य के*
*जो साथ है, वो हर पल तुम जैसा।”*

अगले दिन, मैं दोनों साथियों के साथ, सुबह तय समय पर मेट्रो से ऑफ़िस पहुँचा। अपनी अटेंडेंस लगाई, जो आजकल बायोमेट्रिक और रजिस्टर दोनों जगह लगानी पड़ती थी, क्योंकि सरकार द्वारा टेक्नोलॉजी को तो ग्रहण कर लिया जाता है, लेकिन पुराने तरीके को बंद नहीं किया जाता। कहा जाता है क़ानून में अभी भी हस्तलिखित दस्तावेज़ को ही सबूत माना जाता है, ऑनलाइन को नहीं। हर डिपार्टमेंट में अक्सर या तो इसे ट्रायल कहा जाता है या फिर सिर्फ़ प्रैक्टिकल। और सच कहें तो, यह आपके काम को आसान बनाने के लिए नहीं बल्कि आपको ट्रैक करने के लिए होते हैं। पर हर चीज़ से कुछ न कुछ असर तो पड़ता ही है, या कुछ बदलाव आता ही है। ऐसे ही, अब भी बस इतना बदलाव आ चुका था कि पहले चाय पी कर ऑफ़िस पहुँचते थे पर अब अटेंडेंस लगाकर चाय पीने जाया करता था। सब लोग सुबह की चाय ऑफ़िस में मंगाया करते थे लेकिन मैं कैंटीन में जाकर पीता था। इसका कारण शायद यह था कि मुझे दूसरों को ऑब्ज़र्व करना बहुत पसंद था। या यूँ कहें कि मैं बहाने ढूँढा करता था ऑफ़िस से जाने के। चाय पीकर अंदर पहुँचा और एक केस की फ़ाइल निकालकर देखने लगा

जिस पर डिपार्टमेंट 1 साल से जवाब नहीं दे रहा था। बार-बार कोर्ट से रिमाइंडर आने के बाद भी, डिपार्टमेंट अपनी तरफ़ से असमर्थता ज़ाहिर करता हुआ, वकील को कुछ न कुछ बहाना लिख देता। शायद ऊपर से अभी जवाब देने को मना किया गया था क्योंकि वो मुद्दा संवेदनशील श्रेणी का था और इससे बड़ी बात कि वो एक प्रसिद्ध नेताजी के एरिया का था। उसमें आगे क्या करना था इसके लिए नोटशीट पढ़ने लगा। किसी भी आदेश की आत्मा उसकी नोटशीट पर ही होती है जिसे देखकर आप समझ सकते हो कि इसमें क्या चल रहा है। कुछ देर बाद, लगभग 11 बजे के आस-पास, जैसा कि उम्मीद थी, दोनों के दोनों फिर से आ धमके। इस बार दोनों की वर्दी में अंतर था। आज इंस्पेक्टर ने वर्दी पहनी हुई थी, जिस पर 3 स्टार स्प्ष्ट दिखाई दे रहे थे। साथ में नेम प्लेट भी थी जिस पर स्प्ष्ट रूप से मोनेन्द्र सिंह लिखा हुआ दिख रहा था, मध्य प्रदेश पुलिस लिखा हुआ दिखाई दे रहा था। वहीं साथ में नेहा को देखकर लग ही नहीं रहा था कि पुलिस वाली है। हल्का सा सांवला रंग था, चेहरा ऐसा कि एक बार देख लो तो पलट कर ज़रूर देखने का मन करता। दोनों अंदर आये। मैंने कहा, "क्या बात है सर, आज वर्दी एक्सचेंज कर ली?"

इंस्पेक्टर बोल पड़ा, "वर्दी एक्सचेंज नहीं की। क्या है न कि इस वर्दी की, ख़ासकर इन कंधों के स्टार्स की बड़ी वैल्यू है। कई जगह फ़ॉर्मैलिटीज़ नहीं करनी पड़ती। चाहे मेट्रो हो या कोई ऑफ़िस, वर्ना आई-कार्ड कि इतनी वैल्यू नहीं है जितनी वर्दी की वैल्यू है। इसलिए किसी एक को तो वर्दी पहननी ही पड़ती है।"

कुर्सी पर बैठते हुए, इंस्पेक्टर ने मुझे घूरा और प्रश्न किया, "तो, क्या सोचा?"

"सोचना क्या है सर? मैं ज़िम्मेदार नागरिक हूँ। क़ानून की मदद करना या क़ानून की ग़लतफ़हमी को दूर करना तो मेरा फ़र्ज़ है।"

तभी मैंने देखा कि नेहा ने अपने बैग से कुछ डॉक्युमेंट्स निकाले। उसके हाथ में अजीब सी पेंसिल थी, जिससे उसने लिखना शुरू कर दिया।

मैंने पूछा कि यह क्या है तो वह बोली, "मैं स्टेनो हूँ, डिक्टेशन करने के लिए मैं इसी का उपयोग करती हूँ।"

मैं समझ गया कि यह मुझ पर मनोवैज्ञानिक रूप से दबाव बनाने का तरीका है। पुलिस वाले कई प्रकार के शारीरिक और मनोवैज्ञानिक तरीके अपनाते हैं, जिससे कोई मुजरिम या अपराधी अपने आप सब कुछ कह देता है। नेहा ने एक डायरी की तरफ़ देखा और पढ़कर कुछ सवाल पूछने लगी जैसे पहले से लिखकर लाई हो कि क्या पूछना है। दोनों उस दिन पूरे होमवर्क के साथ आये थे।

"इन्क्वायरी शुरू करने से पहले कुछ छोटे-छोटे सवाल हैं।" नेहा बोली।

"सवाल कभी छोटे नहीं होते, सिर्फ़ जवाब छोटे होते हैं। आप पूछिए।" मैंने कहा।

"क्या आप के पास बंदूक है"?

"जी नहीं, रिवॉल्वर है, वो भी लाइसेन्स के साथ।"

"लाइसेन्स? दिल्ली में किसने बना दिया?" इंस्पेक्टर बीच में बोल पड़ा।

“जी हाँ, लाइसेंस के साथ। पूरे देश भर का लाइसेंस है मेरे पास और मध्य प्रदेश से ही; ग्वालियर कलेक्टर की अनुशंसा से मध्य प्रदेश राज्यपाल द्वारा जारी किया गया है।”

“मेरा ख़ुद का 4 बार आवेदन रिजेक्ट हो गया। क्या बात है! बड़ी कृपा है सरकार की!” इंस्पेक्टर धीमी आवाज़ में बोला।

“इस जॉब से पहले किस जॉब पर थे?” नेहा ने पूछा।

“जी N IC में प्रोग्रामर हुआ करता था।”

“और उससे पहले?”

“असिस्टेंट स्टैटिकल ऑफ़िसर।”

“उससे पहले?”

“डेटा एंट्री ऑपरेटर, राजस्व विभाग।”

“और उससे भी पहले?”

“पटवारी। उससे पहले गेस्ट टीचर।”

“क्या आप प्रॉपर, डेट वाइज़ पोस्ट बता सकते हैं?”

“जी बिल्कुल।”

मैंने बताना शुरू किया, “2006 से 2008 तक गेस्ट टीचर रहा। वह पोस्ट सीज़नल हुआ करती थी। या यूँ कहें कि सरकार की तरफ़ से, संस्थागत, मौसमी रोज़गार था। जो आज भी है। 125 रुपये रोज़ के हिसाब से महीने में अधिकतम 22 दिन के लिए बुलाया जाता था और साल में अधिकतम 9 महीने, या बुलाया भले ही ज़्यादा हो पर वेतन इतना ही दिया जाता था। बेरोज़गारी का आलम ऐसा कि इसके लिए भी, कई लोगों पर पैसे चढ़ाने पढ़ते थे और कई लोगों का पूरे सत्र काम करने का वादा करना होता था।

फिर 27 नवंबर 2008 को पटवारी की पोस्ट पर जॉइन किया।

8 जुलाई 2010 से, उसी विभाग में जूनियर डेटा एंट्री ऑपरेटर । इसके बाद 16 दिसंबर 2012 को असिस्टेंट स्टेटिकल ऑफ़िसर के पद पर जॉइन किया। उसके बाद 8 जून 2013 को N IC में प्रोग्रामर के पद पर। तब से यहाँ हूँ।"

"यहाँ आपने इन सब जॉब्स का उल्लेख नहीं किया, जान सकते हैं क्यों?"

"क्योंकि किसी भी कार्यालय में जब अधिकारी से दूसरी जॉब, या हायर स्टडी की परमिशन मांगते हैं, तो ऐसे व्यवहार करते हैं जैसे उनकी बेटी का हाथ मांग लिया हो। और यदि कोई परमिशन देने की इच्छा भी ज़ाहिर कर दे, फिर उसके बाद डिपार्टमेंट से NOC लेने में, फ़ाइल पास करवाने में, इतने पापड़ बेलने पड़ते हैं, कि इससे अच्छा है परमिशन ही न ली जाये। सब जगह 3 महीने का वेतन जमा कर आप कभी भी छोड़ कर जा सकते हो। और जब बड़े पद और अधिक वेतन पर जाना हो और अन्य राज्य या राज्य से केंद्र में जाना हो तो इसका कोई फ़र्क भी नहीं पड़ता। फिर जिस चीज़ से फ़र्क नहीं पड़ता, उसे कर के परेशान क्यों होना? और लास्ट बात, यह क़ानूनन अपराध और पाप दोनों श्रेणी में नहीं आता।"

"आपकी क़्वॉलिफ़िकेशन क्या है?"

"ग्रेजुएशन यानि बी.कॉम. के बाद 6 सब्जेक्ट्स से पोस्ट ग्रेजुएट और फिर LLB, इसके अलावा छोटे-बड़े कई डिप्लोमा हैं।

"6 सब्जेक्ट्स से पोस्ट ग्रेजुएट?!"

"जी।"

"कौन-कौन से सब्जेक्ट्स?"

"हिस्ट्री, ऑर्कियोलॉजी, अर्थशास्त्र, एस्ट्रोलॉजी, एमबीए फाइनेंस, एमएससी कम्प्यूटर।"

"पर सर्विस बुक में तो सिर्फ़ 4 ही पोस्ट ग्रेजुएशन मेंशन हैं, और LLB का भी जिक्र नहीं है।"

"जी। हमारे यहाँ आप कितना पढ़ सकते हो, कितने समय में पढ़ सकते हो, यह सभी नियम गवर्नमेंट की कुछ संस्थाओं द्वारा बनाए जाते हैं। और उन संस्थाओं में जो नियम बनाने वाले होते हैं, वह बड़े धुरंधर वकील होते हैं। ऐसी भाषा में लिखते हैं जो आम आदमी न समझ सके, और समझ भी ले तो उतना ही अर्थ लगा सके जितना लगाया जा सकता है, या कुछ और अर्थ लगा ले। उनके हिसाब से यदि एक समय में, एक व्यक्ति एक से ज़्यादा डिग्री करता है, तो गवर्नमेंट ग़ैर-क़ानूनी मान लेती है। मेरी 2 डिग्री गवर्नमेंट के हिसाब से अपराध की श्रेणी में आती हैं, और एलएलबी मैंने इसलिए नहीं बतायी क्योंकि हर डिपार्टमेंट में ऐसे क़ानून जानने वाले बाबुओं की ज़रूरत होती है, जो उनकी फ़ाइलें लेकर हर रोज़ कोर्ट पहुँचते रहें, और अन्य शासकीय वकीलों से यह सुनते रहें, 'तुम बाबू हो, यह क़ानून तुम्हारी समझ का नहीं है, अपने साहब से बोल देना अगली पेशी पर ख़ुद आएँ।' मतलब एक क्लर्क बना देते हैं, जो लीगल डिपार्टमेंट का असिस्टेंट बना रहता है हमेशा। अपने पूर्व अनुभवों को देखते हुए, मैंने यह बताना ज़रूरी नहीं समझा।"

इंस्पेक्टर ने मेरी ओर देखते हुए कहा, “बहुत पढ़ाई कर ली है बाबू। अच्छा, एक बात और बताओ, 27 फरवरी 2014 को तुम कहाँ थे?”

“जी मैं NIC में प्रोग्रामर के पद पर था।”

“कहाँ पोस्टिंग थी?”

“मध्यप्रदेश के पुरी ज़िले में।”

“उस दिन ऐसा क्या हुआ था जिसके पीछे इंक्वायरी हुई थी?”

“उस दिन देश का बजट पेश हुआ था, और उसी साल दो-तीन महीने बाद, इलेक्शन भी होने वाले थे। सभी कार्यालयों में ख़ासकर कलेक्ट्रेट में, आपने देखा हो तो, उस समय एक अलग ही माहौल होता है। सिर्फ़ और सिर्फ़ चुनाव ही एक मुद्दा होता है। कलेक्टर को, या अपने को कलेक्टर के क़रीबी मानने वाले उन सभी कर्मचारियों को, लगता है कि ‘मुझे पूरे ज़िले के कर्मचारी मिल गये हैं काम करने के लिए।’ किसी को भी उठा कर अटैच कर लेते हैं। बजट का कोई मुद्दा नहीं होता। जिस प्रकार युद्ध में बिना ऑडिट के पैसे दिये जाते हैं, उसी प्रकार इलेक्शन का फण्ड आता है। इस समय कचहरी यानी कलेक्टर ऑफ़िस में एक त्योहार का मौसम चलता है। जो रिज़ल्ट तक रहता है। जनता के सभी काम हो रहे होते हैं। कोई भी जनसेवक जनता से बुरा नहीं बनना चाहता, सभी विवादित फ़ाइल रोक दी जाती हैं। राजस्व से संबंधित सभी पेंडिंग केस आगे बढ़ा दिये जाते हैं जो कि जनता के डायरेक्ट मुद्दों से जुड़े हुए रहते हैं एवं इनसे वोट पर फ़र्क पड़ता है। बस रीडर द्वारा फ़ाइल पर लिख दिया जाता है, पीठासीन अधिकारी इलेक्शन

कार्य से बाहर होने कारण आगामी तारीख ... दी जाती है। पीठासीन अधिकारी मतलब, राजस्व न्यायालय में निर्णय देने वाले अधिकारी जैसे ADM, SDM आदि। सभी अधिकारी इस टेंशन में जी रहे होते हैं कि आचार संहिता लगने से पहले जो लास्ट ट्रांसफ़र होने वाले हैं, कहीं हम उनमें यहाँ से चले न जाएँ। न जाने के कारण सब के अलग-अलग होते हैं। किसी को पैसे से प्यार होता है, किसी को प्राप्त हो रही इज़्ज़त से प्यार होता है, किसी को जगह से प्यार होता है, तो कोई अपने किसी व्यक्ति को जीत-हार में मदद या विरोध करने की वजह से टिका हुआ होता है। किसी के बच्चे उस जगह सेट हुए होते हैं, किसी का व्यापार जमा हुआ है, तो कोई रिटायर होने वाला है। कारण अलग-अलग हो सकते हैं पर सब को डर होता है। कुल मिलाकर काम को छोड़कर सब कुछ हो रहा होता है। कौन क्या कर रहा है, किसी को ज़्यादा फ़र्क नहीं पड़ता।

और वही वो समय था, उस दिन बजट भी था। बजट और इलेक्शन दोनों एक साथ होने का मतलब और ज़्यादा तीव्रता के साथ ऐसे माहौल का होना। बजट के दिन शेयर मार्केट काफ़ी वोलटाइल होता है।"

"कौनसा टाइल?" इंस्पेक्टर बोल पड़ा।

"वोलटाइल मतलब, बहुत ज़्यादा घटना-बढ़ना। उस दिन शेयर मार्केट में गिरावट हुई थी, निफ़्टी ने 6700 का घर और सेंसेक्स ने 22000 टच किया था। उस गिरावट के बिल्कुल ठीक पहले मार्केट एकदम बढ़ता हुए दिखाई दिया था, जिस कारण सब लोगों को लगा मार्केट बढ़ रहा है, और वैसे ही

बजट के दिन मार्केट में उतार-चढ़ाव कोई बड़ी बात नहीं होती और उसमें भी एक्सपायरी का दिन हो।"

"एक मिनट, एक मिनट! यह निफ़्टी, एक्सपायरी यह क्या होता है?" इंस्पेक्टर बोला।

यह जो हम मार्केट में शेयर खरीदते, बेचते हैं यह सब कैश मार्केट, या इक्विटी मार्केट होता है। और इसी मार्केट में फ्यूचर, ऑप्शन भी होते हैं। जिसे वायदा व्यापार कहते हैं। यह इक्विटी मार्केट, कमोडिटी मार्केट, करेंसी मार्केट सभी में होता है। इसी कैश मार्केट का जो इंडेक्स या जो चेहरा है, उसे निफ़्टी कहते हैं। सेंसेक्स और निफ़्टी एक से ही हैं बस यह समझ लो, दो जुड़वा भाइयों के अलग अलग चेहरे हैं, जो अलग भी हैं और एक भी। और हर महीने के आख़िरी गुरुवार को वायदा व्यापार को ख़त्म करना पड़ता है, मतलब जो भी कॉन्ट्रैक्ट होते हैं उनकी वो लास्ट डेट होती है। जैसे किसी किरायेदार का आपसे 11 महीने का कॉन्ट्रैक्ट हुआ हो, और आज वो 11 महीने पूरे होने वाले हैं, तो उसे आज एक्सपायरी कह सकते हैं, बिल्कुल ऐसे ही यह है, जिसे मार्केट की भाषा में एक्सपायरी कहते हैं, कुछ मामलों में यह प्रत्येक गुरुवार को भी होता है, या हो सकता है। इसकी जानकारी हर किसी को नहीं होती यह थोड़ी टेक्निकल चीज़ है।"

"हाँ-हाँ कोई बात नहीं, आगे बता।" इंस्पेक्टर बोल पड़ा।

"कुछ लोगों द्वारा ऐसा कहा गया कि हमारे N IC के सर्वर से, कुछ मैनिप्युलेशन किया गया था। जैसे फ़र्ज़ी वॉल्यूम दिखाकर रेट बढ़ाई गई थी और उसका फ़ायदा लेकर लोगों ने

अपने शेयर निकाल लिए, और बाद में सब को नुकसान हुआ, वैसे मार्केट में नुकसान कभी नहीं होता। किसी ने बेचा है, तो कोई खरीदने वाला भी होता है। एक चेन होती है, कभी भालू बन जाता है, कभी बैल बन जाता है। मतलब मार्केट के घटने और बढ़ने का ही नाम है।

“क्या? ऐसा कुछ किया था तुमने?” नेहा ने पूछा।

मैंने कहा, “नहीं, यह सब बकवास है। ऐसा संभव ही नहीं है। यह कोरी कल्पना है।” शेयर मार्केट की सिक्योरिटी को ऐसे नहीं तोड़ा जा सकता। जहाँ रोज़ करोड़ों लोग काम करते हैं, उसका सर्वर इतना कमज़ोर कैसे हो सकता है? इसकी सिक्योरिटी के लिए सरकार द्वारा एक क्लोन सर्वर भी बनाया गया है ताकि कोई नुकसान पहुँचाना चाहे तो वो क्लोन पर ही टारगेट करता रहेगा, असली घर तक पहुँच ही नहीं सकता।”

“यह बात तो उनको भी पता है, फिर उन्होंने आपसे क्यों पूछा?”

“उनका कहना था कि N IC चूंकि घर का सर्वर है, उस पर उन्होंने ऐसी नज़र नहीं रखी थी, क्योंकि यह सर्वर आधिकारिक लोगों के पास ही होता है। और चूँकि यह डायरेक्ट घर से जुड़ा है, तो उसके ज़रिए किसी ने ऐसा किया है।”

“मतलब, जिसके पास चाबी थी, उसी ने चोरी की; ऐसा लगता है।” इंस्पेक्टर बोला।

“ऐसा उनको लगता है, पर मैं नहीं मानता ऐसा।”

“आपके साथ और कौन था उस समय उस ऑफ़िस में?”

"प्रशांत पवार, वो उस समय मेरा साथी था हम दोनों एक ही पोस्ट पर थे।"

"वो कहाँ है आजकल?" इंस्पेक्टर का अगला सवाल था।

"पता नहीं, उसके बाद उसने जॉब छोड़ दी थी।"

"तो क्या हुआ था, सच में?"

"यह तो मुझे भी नहीं पता । इसी चक्कर में तो इंक्वायरी ख़त्म हुई थी, क्योंकि पता नहीं क्या हुआ। हमें ख़ुद नहीं पता, कुछ हुआ भी था या किसी ने झूठी अफवाह उड़ाई हो।"

इंस्पेक्टर बोला, "चलो इस मुद्दे को छोड़ ही दो।" हमारे केस का इससे कोई लेना देना है ही नहीं, इसे जाने दो।" उसके चेहरे पर ज़्यादा चीज़ें न समझ पाने का मलाल दिख रहा था।

"अच्छा यह बताओ, प्रतीक्षा को जानते हो?" तेज़ आवाज में मुझे घूरते हुए इंस्पेक्टर बोला।

"प्रतीक्षा ......, मैंने ज़ोर देकर कहा ऐसा तो कोई मेरे साथ ऑफ़िस में नहीं है। इससे पहले भी कभी किसी ऑफ़िस में कोई नहीं रहा। न ही मेरा कोई परिचित है इस नाम का।"

इंस्पेक्टर ने नेहा को इशारा किया और उसने बैग में से एक तस्वीर निकालकर मेरे सामने टेबल पर रख दी।

"यह कौन है?" इंस्पेक्टर ने पूछा।

कुछ देर देखकर मैंने कहा, "यह मैं हूँ।"

"और तुम्हारे पास में कौन है?"

मैंने गहरी सांस लेते हुए कहा, "प्रतीक्षा सूद!

यह मेरे स्कूल की तस्वीर है, 2001 की। हम सब स्कूल में साथ थे, हमने 12th, 2003 में की थी। उसके बाद पता नहीं। तब से 17 साल हो चुके, पूरे 17 साल। अब 2020 है। 28 मार्च 2003 को हम सब स्कूल से चले गये थे।" कहते हुए मेरा गला भर आया।

मैं कुछ देर ख़ामोश रहा। मुझे पता था कि सच में किसी चीज़ से पीछा छुड़ाने का मतलब यह बिल्कुल नहीं है कि आप उससे बच जाएँगे। इंसान जिस चीज़ से बचना चाहता है, उसका सामना करना ही पड़ेगा। इंस्पेक्टर और नेहा दोनों मेरी तरफ़ ग़ौर से देखते रहे। शायद वह मेरा चेहरा देख कर कुछ अंदाज़ लगा रहे थे या कुछ निष्कर्ष निकालने की कोशिश कर रहे थे। पुलिस में काम करते-करते लोग दूसरों का चेहरा पढ़ना अच्छे से सीख जाते हैं।

"इससे तुम्हारी मुलाक़ात कब हुई थी?" इंस्पेक्टर ने कहा।

"स्कूल में। नवोदय में पढ़ते थे हम साथ में। काफ़ी पुरानी बात है।" मैंने कहा।

"चलो, शुरू से ही बताओ। कोई दिक्कत नहीं है। मेरे पास बहुत टाइम है।"

"कल बताऊँ? आज वैसे भी काफ़ी समय हो गया।" मैंने कहा।

"ठीक है। कोई दिक्कत नहीं, कल मिल लेते हैं।" इंस्पेक्टर ने कहा।

## 3.

मुझे डर सा लग रहा था कि यह बचपन से क्या जानना चाह रहा है? जिन यादों से बचना चाह रहा था, जिस समय को मैं अपने दिल से निकालना चाह रहा था, यह इंस्पेक्टर वही समय मुझे रिवाइज़ कराना चाह रहा था। यह सब इतना आसान नहीं था मेरे लिए। शाम के 5 बज चुके थे। वो दोनों निकल गये। आज उन्होंने किसी और से कोई बात नहीं की जैसे अब उन्हें क्लियर दिख रहा था कि क्या करना है। साथ ही, मेरे बारे में हर जानकारी जुटा कर आये थे वो। मुझसे सिर्फ़ कन्फर्म कर रहे थे इसलिए मुझे भी लगा, झूठ नहीं बल्कि वही बोला जाये जो सच है अन्यथा मुझे भी दिक्कत हो सकती है। मैंने उस दिन किसी से बात नहीं की। सीधा घर पहुँचा और घर पहुँच कर एक पुरानी फ़ाइल निकाली जिसमें कुछ लैटर थे। उन्हें पढ़ा, कुछ तस्वीरें थीं, उन्हें देखा, और कुछ पुरानी किताबों को पलटता रहा; जिनके सहारे, मैं अपने अतीत को अक्सर जिया करता था। बहुत दिन बाद मेरी कोई रात इस तरीके से गुज़री थी जब मैं सिर्फ़ यादों में जी रहा था। पिछले आठ-दस साल में, मैं इस दौड़-भाग वाली ज़िंदगी से मिलने की कोशिश कर रहा था या लगभग उस जैसा हो चला था। रात में पता नहीं कब मुझे नींद आयी और सुबह अलार्म के हिसाब से जागकर मैं उस दिन फिर से ऑफ़िस पहुँचा।

मेट्रो में जाते समय रितु और जसविंदर दोनों से, उसी तरीके से मुलाक़ात हुई, जैसे हर रोज़ होती थी, पर उस दिन औपचारिक गुड मॉर्निंग के अलावा कोई बात नहीं हुई। बीच में

किसी लड़की को देखकर जसविंदर ने मज़ाक करके माहौल हल्का करने की कोशिश की, और कहा इस सर्दी में भी फैशन की पड़ी है लोगों को पर मुझे कोई फ़र्क नहीं पड़ा, जैसे मैंने सुना ही न हो, बस वो दोनों हँसते रहे।

आज बिना चाय पिये ही मैं ऑफ़िस जा पहुँचा।

उस दिन वो दोनों पुलिस वाले काफ़ी लेट आये। आज दोनों बिना वर्दी के थे, शायद वर्दी का काम हो चुका था, और अब उन्हें हमारे ऑफ़िस में लोग पहचानने लगे थे। वो दोनों भी दिल्ली को पहचानने लगे थे और लगभग एक बजे आकर मेरे ऑफ़िस में बैठ गये।

रोज़ की तरह नेहा ने कुछ डॉक्युमेंट्स निकाले और अपनी स्टेनो वाली पेंसिल लेकर बैठ गयी, जैसे कोई बच्चा टीचर के बोलने से पहले कॉपी खोलकर बैठ जाता है, क्योंकि वो जानता है लिखना तो है ही।

"हाँ, तो शुरू करें?" इंस्पेक्टर ने कहा।

मैंने कहा, "एक सवाल पूछ सकता हूँ?"

"जी बिल्कुल, आपका ऑफ़िस है। हम तो मेहमान हैं।" इंस्पेक्टर ने मुस्कराते हुए कहा।

"27 दिसंबर 2019 और 4 जनवरी 2020 को आपने मेरा फ़ोन रिकॉर्ड करने, या हैक करने की कोशिश की थी?"

इंस्पेक्टर ने नेहा की तरफ़ देखा और वो तुरंत जवाब में बोली, "जी हाँ।"

"आपको पता है यह गैर क़ानूनी है, आप प्राइवेसी को इस तरह से भंग नहीं कर सकते। तब भी आपने ऐसा किया?"

"हम हर किसी के साथ ऐसा नहीं करते । कई बार टेक्नोलॉजी की मदद ली जाती है जिससे हमें केस में मदद मिल सके । हमें किसी की व्यक्तिगत जानकारी से कोई मतलब नहीं होता । हम सिर्फ़ केस के नज़रिये से देखते हैं और हर व्यक्ति के लिए कोर्ट से परमिशन लेना संभव नहीं होता ।" इंस्पेक्टर ने सफ़ाई पेश की।

"क्या मैं जान सकती हूँ कि कैसे पता चला आपको और हम ट्रैक क्यों नहीं कर पाए?" नेहा ने पूछा।

"ठीक लगा तो बाद में बताऊँगा। अभी सिर्फ़ अपने केस पर बात करें तो अच्छा है ।" मैंने उसकी आँखों में देखते हुए कहा।

कुछ देर ख़ामोशी रही इसके बाद मैंने बोलना शुरू किया।

# 4.

*"ज़िंदगी तो वही थी, जब हम हम न थे,*
*ग़म बहुत थे, पर ख़ुशी से कम न थे*
*साया था आपका, तब तक ही नींद आयी*
*उसके बाद तो हँसने के भी समय न थे।"*

मेरा जन्म एक ऐसे गाँव में हुआ था, जहाँ कोई भी आधारभूत सुविधाएँ नहीं थीं। पूरा गाँव सिर्फ़ खेती पर निर्भर था। पूरे गाँव में सिर्फ़ 2 लोग ही 10th पास थे। उनमें से एक पटवारी थे, दूसरे उसी गाँव के टीचर। उन्हीं को देखकर हम से कहा जाता था कि मैट्रिक कर लोगे तो मास्टर बन जाओगे। पटवारी बड़ा पद माना जाता था और लोगों का मानना था इसे पाना हमारे वश में नहीं है। हमारा परिवार भी खेती पर निर्भर था। उस समय खेतों में पानी नहीं होता था इसलिए ज़्यादा ऑप्शन नहीं थे। मक्का और गेहूँ, इसी टाइप की फ़सल हुआ करती थी। साल में दो बार ही पैसे आते थे। कर्ज़ा, सरकारी जरीवाना, साल भर की स्कूल की फ़ीस जो 10 रुपये के आस-पास हुआ करती थी, सभी के लिए कपड़े, गाय और भैंस के रहने के स्थान पर कुछ काम करना हो तो वो, किसी को डॉक्टर के पास जाना हो, या और भी कुछ खर्चा हो, सब ऐसे ही समय पर पूरे किए जाते थे। सब इसमें खुश थे। किसी को कोई शिकायत नहीं थी। ऐसा माहौल था जैसे हम दुनिया में सबसे सुखी इंसान थे। पापा कभी-कभी हमें खेत पर ले जाते थे जहाँ हम कुएँ में छलाँग लगाकर नहाते थे। जब पापा साथ होते थे तो

हमें कभी डर ही नहीं लगता था कि हमारे साथ कुछ बुरा भी हो सकता है, चाहे वो गिरने का हो या डूबने का।

यही वो समय था जब परिवारों में सदस्यों की सँख्या बढ़ रही थी और खेतों का रकबा कम होता जा रहा था। अर्थव्यवस्था कहें या सामाजिक व्यवस्था, सब कुछ अर्थ आधारित होती जा रही थी इसलिए पैसे की कीमत इंसानों के करीब आने लगी। इसी कारण इस समय के आस-पास ज़मीन को लेकर लड़ाईयाँ बहुत होने लगी थीं। हर घर में लड़ाई होती थी। ऐसे ही हमारे घर में भी परिवार के लोगों में यह चलता रहता था एक दिन इसी माहौल के बीच पापा के साथ तहसील मुख्यालय जाना हुआ, जो हमारे गाँव से लगभग 16 किलोमीटर दूर था, वो साथ में मूंगफली लेकर गये थे, जिसे बेचकर कुछ लाया करते थे। 24 इंची की साइकिल हुआ करती थी जिसमें डंडे पर एक सीट लगाई जाती थी और एक सीट हैंडल के आगे लगाई जाती थी जिसमें पैर लटका कर एक छोटे बच्चे को बैठाया जा सके। इस तरह एक पीछे और दो बच्चे आगे, दो बड़े और दो छोटे सहित कुल चार सदस्यों को आसानी से साईकल पर बिठाया जाता था। मुझे साइकिल पर आगे डंडे की सीट पर बैठाया। पीछे की सीट पर एक मूंगफली से भरा हुआ कट्टा बांधा गया और हम चले गये। वहाँ जाकर एक दुकान पर सबसे पहले मूंगफली को बेचा जिससे कुछ रुपए मिले होंगे। वहाँ से तहसील पहुँचे और वहाँ जाकर किसी से पूछा, "पटवारी साब आये हैं क्या?"

"हाँ आये हैं पर अभी बड़े साहब के पास हैं।" तहसीलदार के चेम्बर के बाहर खड़े हुए एक चौकीदार ने कहा।

लगभग दो घंटे, तहसील में ही वह, एक पेड़ के नीचे उनका इंतज़ार करते रहे और मैं वहीं खेलता रहा। कुछ देर बाद मैंने देखा कि वह एक व्यक्ति जिन्हें सब पटवारी-पटवारी कह रहे थे, कई लोग और पापा उनके सामने हाथ जोड़कर खड़े हो गये। उनसे कहा कि मेरी ज़मीन नापनी है।

"ऑफ़िस में पर्चा दे दो, मैं क्या करूँ? हो जायेगा।" पटवारी ने आधिकारिक प्रक्रिया बतायी।

"आपको ही सब करना है, आपकी जो भी सेवा होगी वो मैं कर दूँगा। मैं बहुत परेशान हूँ। घर के लोग हर महीने लगभग एक फुट ज़मीन एक्सट्रा बढ़ा लेते हैं और जब कहता हूँ तो कहते हैं मेरे खेत में उनकी ज़मीन निकल रही है। 2 साल में आधा बीघा बढ़ा लिया। मैं अकेला हूँ, मैं लड़ भी नहीं सकता, मेरी ज़मीन की निशानदेही करवा दो और ये झमेला निपटवा दो।"

"बहुत लोगों के आवेदन आये हैं, इतना टाइम मिल नहीं पाता, जिस भी दिन चक्कर लगा आपके गाँव का, उस दिन देख लेंगे।"

"पापा ने बीस रुपये जेब से निकाले और उनको देते हुए बोले, ये ले लो साब, मेरा रट्टा निपटा दो बस।"

पटवारी बोला, "इससे क्या होगा भाई? गिरदावल साहब भी आएँगे, और वो राजदूत से आते हैं, राजदूत से! जो पेट्रोल से चलती है और मुझे भी m80 से आना पड़ेगा। अंदर है गाँव, बस भी नहीं चलती 50 रुपये दो।"

उन्होंने बड़ी उम्मीद से यह सोच कर 50 रुपये दे दिये कि अब गिरदावल और पटवारी, सीमांकन कर जाएँगे। आज नहीं तो कल, जो लड़ाई है वह ख़त्म हो जायेगी।

उन्हें क्या पता था कि यह लड़ाइयाँ अनजाने में नहीं होतीं, जानबूझकर की जाती हैं। ज़मीन पर कब्ज़ा धोखे से नहीं बल्कि इस उद्देश्य से किया जाता है कि पास वाला व्यक्ति मजबूरी में कम दाम में, या फ्री में ही छोड़ कर चला जाये।

कोई अपने को ग़लत नहीं मानता, सबके पास कोई न कोई थ्योरी होती है, अपनी बात सिद्ध करने की।

फिर भी भविष्य की उम्मीद ही किसान का सबसे बड़ा हथियार है जिसके सहारे वो फ़सल हो या कुछ और, हमेशा सकारात्मकता के साथ ईश्वर में आस्था रखकर जीता रहता है।

मुझे उस पटवारी द्वारा पैसे लिया जाना अच्छा लगा, जिससे मुझे यह पता चला कि बड़े होकर ऐसा भी किया जाता है।

मैंने पापा से पूछा, "कौन था यह?"

"पटवारी था।"

"वो क्या होता है?"

"यह ज़मीन को नापता है। हमारी ज़मीन कहाँ है, हमारी ज़मीन कितनी है, सब कुछ इसी को पता है। यह किसी को ज़मीन दे भी सकता है और किसी से छीन भी सकता है।"

"मतलब जैसे पानी के देवता वरुण देव होते हैं, वैसे ही यह ज़मीन का देवता है?"

"हाँ, ऐसा ही कुछ समझ लो, बहुत बड़ा आदमी होता है यह।" पापा बोले।

"तो उसे पैसे क्यों दिये थे?"

"वह पैसे लेता है तब काम करता है।"

"फिर तो मैं भी बड़ा होकर पटवारी बनूँगा।"

"हाँ बेटा, बिल्कुल बनना। बहुत बड़ी पोस्ट है, पूरा ख़ानदान तर जाता है एक बार पटवारी बनने से।"

मैं मन ही मन बहुत खुश हुआ। मैं गाँव पहुँचा और गाँव जाकर मैं जिससे भी मिला, सबसे यही बोलने लगा, "मैं बड़ा होकर पटवारी बनूँगा, मैं बड़ा होकर पटवारी बनूँगा और सबसे पैसे लूँगा।" यही बात मैंने अपने सर या मास्टर जी से भी कही।

मास्टरजी ने कहा ऐसे नहीं बनते पटवारी। तेरे बाप के पास इतना पैसा नहीं है कि वो पटवारी बना पाए। यह बात मुझे समझ नहीं आयी, मैंने फिर घर पर आकर पापा से बोला।

पापा सुनकर बोले, "नहीं ऐसी कोई बात नहीं है। अच्छा पढ़कर पटवारी बन सकते हैं।" और फिर पापा मेरे साथ मास्टरजी के घर गये, और उन्हें बताने लगे कि मैं अपने बेटे को बहुत पढ़ाना चाहता हूँ।

मास्टरजी बोले, "यहाँ गाँव का माहौल दिन-ब-दिन बिगड़ता जा रहा है। यदि बच्चे यहाँ रहेंगे तो वो भी किसी की ज़मीन हथियाना ही सीखेंगे और कुछ नहीं। बच्चे वही सीखते हैं जो देखते हैं। बच्चों को पढ़ाना चाहते हो तो गाँव छोड़कर शहर चले जाओ।"

इतना सुनकर पापा बोले, "मैं घर वालों से बहुत परेशान हूँ। रोज़ लड़ने को तैयार रहते हैं।"

"मुझे सब पता है। वो बहुत भाई हैं, तुम अकेले हो इसलिए लड़ाई के बारे में सोचना भी नहीं और कोर्ट कचहरी के

चक्कर में जीवन बेकार कर लोगे। उसमें पैसा भी लगता है और समय भी, इसलिए सब छोड़कर शहर चले जाओ। खेती को बटिया से दे दो। खाने को मिलता रहे यही बहुत है।"

"कैसे चला जाऊँ? इस घर के लिए कितना लड़ना पड़ा था, इस सब को कैसे छोड़ दूँ?"

"हमारी असली पूंजी ज़मीन या घर नहीं, बच्चे हैं। इन पर खर्चा करो, घर भी बच जायेगा और जो ज़मीन चली गयी है, उसे भी छुड़ा लोगे।" मास्टर जी ने आगे कहा, "पढ़ाना चाहते हो तो बेटे को शहर ले जाओ वर्ना यहाँ तो यह तुम्हारे साथ लड़ाई में ही उलझा रहेगा। जो देखेगा वही तो करेगा। शहर ले जाओ, पढ़ाओ, बच्चे का भविष्य बनाओ। पटवारी बिल्कुल बन सकता है, मैंने तो मज़ाक में कह दिया था कि नहीं बन सकते।"

नब्बे के दशक में छोटे कस्बों में निजी विद्यालय में पढ़ाना आसान कार्य नहीं होता था। निजी विद्यालय ज़िला मुख्यालय तक ही सीमित होते थे। कुछ अनुदान प्राप्त विद्यालय या निजी जैसे विद्यालय तहसील स्तर पर भी स्थापित होने लगे थे, जबकि, अब तक बड़ी आबादी ग्रामीण क्षेत्रों तक ही सीमित थी जिसे पढ़ने या बच्चों को पढ़ाने के लिए, तहसील मुख्यालय पर जाकर रहना, कई प्रकार की सामाजिक, आर्थिक व मनोवैज्ञानिक समस्याओं के कारण मुश्किल था।

हमारा परिवार भी शहर जाने को तैयार नहीं था। गाँव में खेती कौन कराएगा, शहर में इतना खर्चा होता है, वो पैसा कहाँ से आयेगा जैसे सवालों के अलावा उसी गाँव के कई लोग डराते भी थे कि शहर में पता नहीं चलता क्या हो जाता है, इधर कोई ज़मीन पर भी कब्ज़ा कर लेगा और पढ़-लिख के भी बच्चों को

खेती ही करनी है, कुछ और नहीं कर पाएंगे। बाज़ार में जाकर भी कोई पटवारी या रेंजर नहीं बन जाता। इन सब चीज़ों में फ़ालतू खर्चा करने से से कुछ नहीं होगा। यह बात सुनकर पापा को भी लगा कि कहीं सच में ऐसा न हो कि वो ज़मीन से भी हाथ धो बैठें और बच्चे कुछ कर भी न पायें! ऐसे ही कई महीने निकल गये इसी उधेड़ बुन में।

पर उन्हें हमेशा लगता कि कैसे बच्चों को पढ़ाऊँ! इसी दौरान, शहर से एक दिन इंग्लिश सीखने की किताब लेकर आये। किसी ने बता दिया था कि आजकल अंग्रेज़ी बहुत ज़रूरी है। उन्हें लगा शायद कुछ तो सीखेंगे ही इससे और बच्चों को भी सिखाऊंगा। सब कुछ वैसे ही चलता रहा; खेत, खलिहान, तालाब और कुआँ। धीरे-धीरे हम भी इसी के आदी होने लगे। खेत पर पानी देने का काम हो या फ़सल देखने का, बीच-बीच में हम भी साथ जाने लगे। एक दिन पटवारी आया लेकिन किसी और काम से। ज़मीन का माप अब तक नहीं हुआ था। किसानों के लिए यह आम बात ही थी, क्योंकि पटवारी अक्सर ऐसे ही काम करते थे और सब लोग पटवारी को अपना माई-बाप मानकर ही चलते थे। कहते थे वो कहीं की भी ज़मीन किसी को भी लिख सकता है। आपकी यह ज़मीन भी छिन जायेगी और लगान भी भरना पड़ेगा।

साथ में पटवारी सबसे यह भी कहकर रखता था कि आपके हिस्से में थोड़ी सी पड़ोसी की भी ज़मीन है, नपवाओगे तो दिक्कत होगी आपको, इसलिए ऐसे ही चलने दो। यह सब यूँ ही चलता रहा और धीरे-धीरे सब खेती, किसानी, गाय, भैंस का काम करने में भी आनन्द लेने लगे। समय बीतता गया, एक दिन

फिर से, रात के समय जब घर के बाहर खटिया बिछाई जा रही थी, उसी समय हमारे गाँव के एक व्यक्ति से बहस होने लगी। धीरे-धीरे गाली-गलौच होने लगी। इसी दौरान उस व्यक्ति के परिवार का सदस्य बंदूक उठाकर आ गया। इस सब से पापा बहुत डर गये और जो फ़ैसला महीनों से नहीं हो पा रहा था, वो अचानक हो गया। अब हम सब शहर जाने वाले थे। कुछ ही दिन में सब तैयारी की गई। आनन-फ़ानन में सभी पालतू जानवरों को बेच दिया गया।

हालाँकि उस दौरान पापा और मम्मी में इन्हीं मुद्दों पर बात होती रहती। मम्मी का मन भी इसी घर में बसा हुआ था। बसे भी क्यों न? पूरे घर को अपने हाथों से बनाया था। हर त्योहार में मिट्टी ख़ुद लगाती थीं। चकिया तक उनके हाथ की बनी हुई थी पर जब भी परिवार में लड़ाई होती तो वो भी कहतीं, "चलो यहाँ से बच्चों को ले चलो।"

और आख़िरकार 1991 में, गर्मियों में हम लोग तहसील मुख्यालय पर शिफ्ट हो गये। जब यहाँ आये तो पता चला कि यहाँ का जीवन भी आसान नहीं था।

मास्टर जी ने कहा था कि अच्छे प्राइवेट स्कूल में पढ़ाना। पूरी तहसील में सिर्फ़ तीन ही प्राइवेट स्कूल थे। फ़ीस उस समय के हिसाब से बहुत ज़्यादा लगती थी, महीने के 40 रुपये लगते थे। किसान के लिए पैसे जुटाना इतना कष्टदायक नहीं होता जितना कष्टकारी हर महीने समय पर जुटाना होता है।

उस तहसील के एक प्रतिष्ठित व्यक्ति थे जिनके पास कभी-कभार पिताजी कर्ज़ लेने जाते थे। उन्होंने, उनसे जाकर

पूरी समस्या कही। उन्होंने कुछ देर सोच कर कहा, "कोई बात नहीं, तुम जिस स्कूल में चाहो, एडमिशन करवा लो। मैं बात कर लूँगा। साल में इकट्ठे फ़ीस दे दिया करो, जब फ़सल हो जाये।"

यह बात पापा को जँच गई और वो ठीक है कहकर चले आये। फिर स्कूल खोजने लगे।

यह सच है कि साहूकार बैंक से ज़्यादा ब्याज़ लेते थे लेकिन उनके अंदर मानवीयता भी होती थी। वो मशीन नहीं थे, उनके पास समय और व्यक्ति के अनुरूप हल उपलब्ध रहते थे। हाँ, यह अलग-अलग लोगों के स्वभाव पर भी निर्भर करता है। हो सकता है, कुछ लोग ग़लत भी रहते हों। या हो सकता है एक ही व्यक्ति किसी के लिए सही हो, तो किसी के लिए ग़लत हो।

फिर कुछ दिनों के बाद 'सरस्वती मंदिर' नाम के एक स्कूल में मेरा एडमिशन कराया गया। जुलाई 1991 से मैंने उस स्कूल में जाना शुरू किया। स्कूल की फ़ीस 40 रुपये महीने थी जिसे फ़सल के समय पर एक साथ जमा करा दिया जाता। धीरे-धीरे मैं उस स्कूल में घुल मिल गया। झोले की जगह अब बस्ता ले जाने लगा। टिफ़िन में पराँठे की जगह पोहा जाने लगा जो मेरे बार-बार टोकने पर, माँ ने स्कूल की किसी टीचर से ही बनाना सीखा था। धीरे-धीरे मैं अच्छा पढ़ने लगा। जो अन्य समस्याएँ थीं, वो साथ-साथ चलती रहती थीं। जब मैं पाँचवी में था, तब किसी ने नवोदय विद्यालय का जिक्र किया और बताया कि उसमें पढ़ाई सबसे अच्छी होती है और यही नहीं, फ्री होती है। इसके अलावा रहना भी वहीं पड़ता है।

सिर्फ़ रहने वाली बात से घर के सभी लोग डरे हुए थे पर पढ़ाई के कारण उन्होंने फ़ॉर्म भर दिया।

मैं अपने कुछ दोस्तों के साथ ट्यूशन भी जाता था और आख़िरकार एक दिन, वो समय आ गया कि मेरा नवोदय में सलेक्शन हो गया। पूरी तहसील में सिर्फ़ 2 लोगों का ही सलेक्शन हुआ था। घर वालों के लिए फ़ख़्र की बात थी।

***

1996 की बात है जब नवोदय में पहुँचने का आदेश आया। इसमें लिखे हुए इंस्ट्रक्शन के अनुसार मुझे एक बक्सा, दो जोड़ी कुर्ता-पाजामा, एक बाल्टी, एक मग, एक टॉर्च, एक ताला-चाबी लेकर नवोदय पहुँचना था। इसके अलावा जो भी किसी को आवश्यक लगे, ला सकते थे, जैसे थोड़ा-बहुत घर का बना हुआ नाश्ता। घर वालों के लिए बड़ी बेचैनी थी कि कैसे बच्चा बाहर रहेगा और मेरे लिए बेचैनी भी और एक उत्साह भी था। उत्साह इस बात का कि नया पढ़ने को मिलेगा, बाहर देखेंगे क्या होता है क्योंकि 10 साल की उम्र कोई ज़्यादा नहीं होती। फिर भी घर वालों ने तय समय के अनुसार 8 जुलाई को मुझे नवोदय ले जाने का निर्णय लिया।

पहुँचने पर पता चला कि लगभग 40 ऐसे ही और बच्चे आये हुए थे जो कि अपने साथ ऐसा ही कुछ सामान लेकर, उनके पेरेंट्स के साथ, वहाँ इंतज़ार कर रहे थे। स्कूल में एक एमपी हॉल था। मैंने कभी इतना बड़ा कमरा या इतना बड़ा हॉल, ऐसा कुछ देखा नहीं था। मैं उसे चारों तरफ़ घूर कर देखने लगा। ऊपर कई पंखे लगे हुए थे, बहुत सारी खिड़कियाँ थीं, कई दरवाज़े थे। पीछे से कोई आवाज लगा रहा था, “पंखा चला दो।”

मैंने देखा कि सामने की तरफ़ से कोई बोर्ड पर स्विच ऑन कर रहा था। मैं दौड़ कर उस जगह पहुँच गया जहाँ से पंखे चालू किये जा रहे थे और मैं उसको देखने लगा। उस बोर्ड में लगे स्विच को गिनने लगा। कुल 17 स्विच एक लाइन में और एक ऊपर मतलब 18 स्विच थे। ऐसे ही 3 बोर्ड, एक लाइन में लगे हुए थे। मैंने तुरन्त हिसाब लगाया कि इस कमरे में लगभग 54 पंखे या लाइट या दोनों मिलाकर हैं। फिर मैं उन्हें भी गिनने लगा। मुझे बहुत मज़ा आ रहा था। बड़ी खिड़की, दरवाज़े, पंखे, इतना बड़ा कमरा; यह सब कुछ मेरे लिए नया था। चारों तरफ़ देखने लगा, घूमने लगा।

"कहाँ जा रहा है?" पापा कहने लगे।

"कहीं नहीं।" यह जवाब अक्सर काम आता था। कहीं नहीं! घर वाले इसका मतलब समझ जाते थे।

"देख रहा हूँ, क्या हो रहा है!" मैंने कहा।

तभी हमें इंस्ट्रक्शन दिये गये - "सभी लोग बैठ जाएँ, बारी-बारी से बुलाया जायेगा।"

उस हॉल में आठ दस लोग अलग-अलग टेबल कुर्सी लगाकर बैठे हुए थे, डॉक्यूमेंट चेक कर रहे थे। कोई-कोई कागज़ देख रहा था, कोई मेडिकल चेक-अप, कोई कुछ और। सब अलग-अलग काम में लगे थे। लगभग 1 या 2 घंटे में सब कुछ चेक हो जाने के बाद, या डॉक्यूमेंट वेरिफ़िकेशन कंप्लीट हो जाने के बाद, हम सभी से कहा गया कि आपका एडमिशन फ़ाइनल हो गया है। 15 जुलाई को आप पूरी तैयारी के साथ, जो सामान की लिस्ट आपको दी गई है, उसके अनुसार नवोदय पहुँच जाएँ।

15 जुलाई को पूरी तैयारी के साथ उनके द्वारा दिये गये समय के अनुसार नवोदय पहुँचे। उस समय बरसात का सीज़न था। एक छोटा सा छाता भी घर वालों ने साथ में रख लिया था। नवोदय शहर की भीड़-भाड़ से दूर हुआ करते हैं। साइकिल से मेरे पिताजी मुझे सामान सहित नवोदय छोड़ कर चले गये। अब मैं किसी और के हवाले था।

नवोदय में एक अलग ही माहौल था। घर से बाहर पहली बार निकले थे, जहाँ पेरेंट्स नहीं थे। जहाँ अनजान लोग थे लेकिन फिर भी डर नहीं था। वहाँ पहुँचे विद्यालय के प्राचार्य और कुछ अन्य शिक्षकों ने जो शायद उस समय एडमिशन समिति के इंचार्ज रहे होंगे, उन सभी ने हमें बताया कि हमें कहाँ रुकना है और किसके साथ हम वहाँ तक जाएँगे। उस दिन हम सभी को एक ही हाउस में रुकने को कहा गया था और यह भी बताया कि कल से आप सबको अलग-अलग हाउस अलॉट किये जाएँगे। हाउस का मतलब एक बिल्डिंग, एक रूम जहाँ अधिकतम 40 लोग रुक सकते थे। ऐसी ही एक बिल्डिंग के फ़र्स्ट फ़्लोर पर हमें रोका गया। कुल दो ही फ़्लोर हुआ करते थे और एक फ़्लोर पर अधिकतम 40 बच्चे रह सकते थे। ऐसे 4 अलग-अलग हाउस थे, गर्ल्स हॉस्टल अलग से था। दूसरी तरफ़ मैस थी, जहाँ जाकर खाना खाया और अपने रूम में वापस आ गये। पहला दिन था इसलिए इन सब कार्यों में हमारे साथ कुछ सीनियर थे जो हमें गाइड कर रहे थे। उस समय लाइट बहुत ज़्यादा कटा करती थी। पूरे मध्यप्रदेश में लाइट का यही हाल था। थोड़ी देर बाद जब लाइट गई, सब लोग अपनी-अपनी टॉर्च निकालने लगे। टॉर्च एक आवश्यक वस्तु थी जो हमें

लाने को कहा गया था। बरसात के दिनों में कीड़े निकलना एक आम बात हुआ करती थी। नवोदय के स्थान को देखते हुए यह आज भी अनिवार्य चीज़ है और वह एक ऐसा दौर था जब लाइट कुछ ज़्यादा ही जाया करती थी। थोड़ी देर बाद बच्चे खेलने लगे। एक-दूसरे की तरफ़ टॉर्च करके देखने लगे और उत्सुकतावश चारों तरफ़ टार्च करने लगे, जैसे इस नयी जगह को देखना और जानना चाह रहे हों।

तभी बाहर से एक सीनियर आये जिन्होंने कहा, "उस तरफ़, (हाथ खिड़की से बाहर दूसरी बिल्डिंग की तरफ़ इशारा करते हुए), टॉर्च नहीं दिखाएंगे या लाइट नहीं जलाएंगे।"

पास में ही गर्ल्स हॉस्टल था, हम में से किसी एक ने कहा, "क्यों? क्या दिक्कत है?"

"बताऊँ क्या दिक्कत है? जो कहा जाये वो मान लिया करो। क्या नाम है तुम्हारा?" उन सीनियर ने कहा।

"सनी रजक।" ज़ोर से उसने अपना नाम बताया।

"अभी आप सब नये हो, इसलिए यहाँ की जानकारी नहीं है। पास की बिल्डिंग में दीदी रहती हैं, यह गर्ल्स हॉस्टल है।" इतना बताकर वो चले गये।

उस रात हम सब थोड़ी बहुत बात करते हुए सो गये। किसी ने आपस में अपना-अपना परिचय दिया, तो किसी ने घर को बहुत याद किया, तो कुछ ऐसे भी थे जो किसी से बात नहीं कर रहे थे।

अगले दिन सुबह हमें ग्राउंड में बुलाया गया जहाँ कुछ टीचर ने हमें यह बताया कि अब क्या करना है। साथ ही सभी को अलग-अलग हाउस अलॉट किये गये। तक्षशिला,

शिवालिक, नीलगिरी, उदयगिरि - इन्हीं नामों से 4 हाउस में हॉस्टल बँटे हुए थे। मुझे और सनी रजक को एक ही हाउस मिला। हमारे साथ मेरी क्लास के और भी 6 लोग थे। अभी तक हमारी जान-पहचान नहीं हो पाई थी। उसके बाद हमें बताया गया कि स्टोर पर जाकर अपने लिए कुछ ज़रूरी सामग्री ले लें। स्टोर पास ही था। हमें वहाँ तक पहुँचाने के लिए ख़ुद स्टोर इंचार्ज साथ में थे। हम सब उनके साथ सीधे वहीं पहुँच गये। वहाँ से हमें एक गद्दा, एक कंबल, एक चद्दर, एक तकिया, एक तकिया कवर, यह सभी चीज़ें दी गयीं। थाली, चम्मच, प्लेट, तेल, साबुन, जूते, चप्पल, यह सब कुछ दिया जाता था। ड्रैस के लिए हमसे कहा गया कि कुछ दिन में टेलर आयेगा उसे अपना नाप दे देना। सब कुछ उधर से ही मिलता था, हम सब बड़े खुश थे नयी-नयी चीज़ें देखकर। जहाँ बताया गया, उसी हाउस पर पहुँचकर, सभी अपने-अपने पलंग पर जा पहुँचे। पलंग डबल-डेकर टाइप के हुआ करते थे। एक व्यक्ति नीचे और एक सीढ़ियों के ज़रिये ऊपर वाले पलंग पर रहता था। आमतौर पर ऊपर वाले पलंग पर जूनियर रहा करते थे और नीचे वाले पलंग पर पर सीनियर रहा करते थे। कभी-कभी विषम परिस्थितियों में जूनियर की लंबाई ज़्यादा होने पर और सीनियर की लंबाई कम होने पर अदला-बदली भी कर दी जाती थी।

हर हाउस या बिल्डिंग के लिए एक हाउस मास्टर निर्धारित होता था जो दिन में कम से कम दो बार आते थे और चेक करते थे कि आप क्या कर रहे हैं, कोई कंप्लेंट तो नहीं है, खाना खाया कि नहीं खाया, सभी प्रकार की सुविधाएँ उस संस्था द्वारा सुनिश्चित की जाती थीं। सभी लोग अपने-अपने

हाउस में पहुँचे, सब के लिए नया अनुभव था और नयी चीज़ों के साथ सब लोग बैठे-बैठे, आस-पास के लोगों को देख रहे थे।

मेरे साथ हाउस में जो अन्य लोग थे उनसे परिचय हुआ। उनके नाम थे मनोहर, प्रशांत, यशपाल, आलोक और कपिल। हम सब एक दूसरे से बात कर यह जान रहे थे कि कौन कहाँ से आया है तभी ख़बर मिली कि हम सबको किताब लेने के लिए लाइब्रेरी में जाना है। सभी हाउस के हमारी क्लास के लड़के एक साथ लाइब्रेरी पहुँचे और किताबें लीं। लाइब्रेरियन सर सभी को नाम से बुलाकर उनसे कुछ देर बात कर रहे थे और किताबें देते जा रहे थे।

हमारा पहला दिन लगभग ऐसे ही निकल गया। किताबें मिल चुकी थीं। कुछ दोस्तों से हमारा परिचय भी हो चुका था। बीच-बीच में सीनियर्स भी आकर हमसे मिलते रहते थे। कुछ बच्चे अभी भी रो रहे थे। शायद उन्हें अच्छा नहीं लग रहा था पर मुझे बहुत अच्छा लग रहा था। दिन में 2 बार भर पेट खाना खाया। 2 बार नाश्ता किया और रात को दूध पीकर अपने हाउस में वापस आ गये। कभी-कभी नाश्ते या दूध के लिए लाइन में लगना पड़ता था पर वो भी एक रोमांचक पल हुआ करता था।

रात में हमारे हाउस के सीनियर ने हम सबसे अपना परिचय देने को कहा, कहाँ से आये हैं, और पहले कोई परिवार का यहाँ पढ़ा है या अभी पढ़ता है क्या, यह भी बताने को कहा गया। हम सब ने बारी-बारी से अपना परिचय दिया। सनी हम सब में सबसे ज़्यादा जानकारी रखता था। उसने आपने परिचय के 3-4 सीनियर का भी नाम बताया जिन्हें वो जानता था।

उससे हमारे एक सीनियर ने कहा, "ज़्यादा सीनियर के मुहँ मत लगना, ढंग से रहना यहाँ।"

उस दिन हम सब सो गये। 10 बजे सोने का टाइम निर्धारित किया गया था। अगले दिन सुबह 4 बजे ही हलचल शुरू हो गयी। PT का टाइम सुबह 4:30 से था। मैं भी सबके साथ उठा और तैयार होकर निकल गया। एक बड़े से ग्राउंड में PTI सर की सीटी की आवाज़ आ रही थी। अलग-अलग समूह में लोग उछलकूद या एक्सरसाइज़ कर रहे थे। शायद, हाउस वाइज़। मुझे इस बारे में पता नहीं था। मैंने सनी से कहा चलो, "इस में चलते हैं।" एक जगह सब गोल सर्कल में खड़े थे, हम भी खड़े हो गये।

किसी ने कहा यह हमारे हाउस के नहीं हैं और फिर हमें वहाँ से जाने को कहा। इसके बाद हम यही पता करते रहे कि कहाँ जाना है और जब तक पता कर पाते, तब तक PT ख़त्म हो चुकी थी।

अगले दिन से हम सब स्कूल के नॉर्मल रूटीन में थे। सुबह चाय फिर PT, फिर नहा कर नाश्ता, उसके बाद स्कूल, स्कूल के बाद लंच, उसके बाद कुछ समय आराम फिर शाम का नाश्ता, फिर ग्राउंड, शाम की प्रेयर, फिर वापस हाउस, उसके बाद डिनर और रात में सभी को दूध पीने के लिए मिलता था। धीरे-धीरे, स्कूल के इस माहौल में हम ढलने लगे थे। कुछ नयी आदतें बनती जा रही थीं जैसे पहले खुले आसमान के नीचे सोने की आदत थी तो अब अंदर सोते थे हालाँकि वहाँ भी छत थी जिसका उपयोग लाइट जाने पर हम करते थे, पर उस पर सोने की मनाही थी। दूसरों को देखकर कपड़े पहनने के तरीके बदल

गये। नहाने के लिए अब कुआँ नहीं बल्कि बाथरूम थे। घर के सदस्यों की जगह अब दोस्त थे। सभी सीनियर्स लड़कों को भाईसाहब और लड़कियों को दीदी कहकर बुलाया जाता था जो आज भी हमारे लिए वैसे ही भाईसाहब और दीदी हैं जैसे उस समय थे। संडे को घर से कोई भी मिलने के लिए आ सकता था। हम सभी के पेरेंट्स एक साथ नहीं आते थे पर किसी न किसी के पेरेंट्स हर संडे को आते थे। सबके पेरेंट्स हम सब के लिए एक जैसे थे। हम सभी उनके पैर छूते थे और कभी-कभी उनके साथ ही बैठकर खाना खाया करते जो वो अपने घर से लाते थे। सभी क्लास के सदस्य, एक-दूसरे के पेरेंट्स को भी भली-भांति पहचानने लगे थे। अपनी क्लास की लड़कियों को भी अब पहचानने लगे थे। लड़के-लड़कियों के हॉस्टल ज़रूर अलग थे लेकिन क्लास अलग नहीं होती थी इसलिए क्लास में धीरे-धीरे सभी को पहचानने लगे। धीरे-धीरे कई महीने निकल गये। अब सब लोग इस लाइफ़ में सेट हो चुके थे। अभी भी किसी-किसी को घर की याद आती थी। कुछ लड़के और लड़कियाँ अभी भी रोते थे तो उन्हें कुछ दिन के लिए छुट्टी मिल जाती थी। कुछ लोगों को एडजस्ट करने में समय लगता था, उसके अलग-अलग कारण थे। किसी के घर में ज़्यादा सुविधाएँ थीं जिससे उन्हें नवोदय में अच्छा नहीं लगता था तो किसी के स्वास्थ्य के कारण दूसरी जगह एडजस्ट करने में समय लगता था या किसी-किसी को बाहर की दुनिया में या घूमने में अच्छा लगता था क्योंकि नवोदय में हमें एक ही कैम्पस में रहना होता था इसलिए सबकी अलग-अलग राय थी। कोई उसे जेल भी कह देता तो कोई घर से अच्छा घर कहता। हम सब एक-दूसरे

के साथ नवोदय की लाइफ़ जीने लगे और ऐसे ही पहला वर्ष निकल गया।

उस कैम्पस में लगभग 500 बच्चे और 50 कर्मचारी, एक साथ रहते थे, जहाँ सभी के लिए खाना बनता था। सभी एक साथ, एक जगह एक जैसा खाना खाते थे। सभी शिक्षक ही नहीं बल्कि अन्य कर्मचारी भी बच्चों से और उनके व्यवहार, उनकी आदतों से परिचित हो जाते थे। एक-दूसरे के बोलने के तरीके, मज़ाक करने के तरीके, खाने के तरीके सभी समझने लगते थे और किसी बात पर किसी को अलग नहीं कहा जाता बल्कि उसके साथ रहकर उसे सपोर्ट किया जाता था। क्लासमेट्स इतने करीब हो जाते थे कि एक दूसरे के एक्सप्रेशन, उसकी ख़ामोशी, उसके चेहरे के हाव भाव को तक समझने लगते थे।

धीरे-धीरे हमारा समय निकलता जा रहा था। कुछ वर्ष बीत चुके थे। हम पढ़ाई और मस्ती सब कुछ एक साथ सीखते जा रहे थे। सभी प्रकार के मौके हमें मिलते थे - पढ़ने के अलावा, गेम्स, संगीत, कल्चरल एक्टिविटी, दूसरी जगह जाने का मौका; सब कुछ हमें मिलता था। सब अपनी-अपनी योग्यता और इच्छानुसार उसे चुनते थे।

सनी पढ़ने में भी अच्छा था और खेल में भी उसे कबड्डी बहुत पसंद थी। मैं पढ़ने में कुछ सब्जेक्ट्स में बहुत अच्छा था तो कुछ में एवरेज। खेलना मुझे बिल्कुल पसंद नहीं था। कभी-कभी बास्केटबॉल या खो-खो दोस्तों के साथ खेल लेता था पर शरारत करने में, मैं सबसे आगे रहता था। किसी को परेशान करना, किसी टीचर का नाम बदलना, लड़के या

लड़कियों के नये-नये नाम रखकर उन्हें चिढ़ाना, किसी का बैग कहीं से कहीं रख देना, टेबल बदल देना, इस प्रकार के काम मुझे पसंद थे। इसके लिए कई बार शिकायत होने पर पिटना भी पड़ता था पर वो सब उसी हँसती-खेलती ज़िंदगी का हिस्सा था।

सभी टीचर भी हम सबकी हरकतों को जानते थे। मैं और सनी हमेशा साथ रहते थे, एक ही टेबल पर बैठते थे। वो हमेशा आगे बैठना चाहता था और मैं हमेशा पीछे। फिर एवरेज लेकर, बीच की सीट पर बैठ जाते।

9th के बाद हम नीलगिरी हाउस में शिफ्ट हो गये। कभी-कभी अनुशासन के कारण या शिकायत के आधार पर हाउस चेंज कर दिये जाते थे। जहाँ मुझे और सनी को अलग-अलग कॉर्नर के पलंग दिये गये थे। मेरे पास वाला पलंग, हमारी ही क्लास के एक लड़के, यशपाल को मिला था। वो हम सबसे थोड़ा सा अलग था। पढ़ने में उसका मन नहीं लगता था पर खेलने में सबसे अच्छा प्लेयर था। उसकी डाइट हम सबसे ज़्यादा थी। कभी-कभी नाश्ते में कुछ ऐसा मिलता था जिससे उसका पेट नहीं भर पाता था (नाश्ता फिक्स मिलता था जबकि खाने में ऐसी कोई लिमिट नहीं होती थी) और मुझे पोहा के अलावा कोई भी नाश्ता अच्छा नहीं लगता यह बात यशपाल को पता चली तो मैं जिस नाश्ते को पसन्द नहीं करता था, वो उसे शेयर करने लगा और धीरे-धीरे हम दोनों भी अच्छे मित्र बन गये। वो हमेशा कहा करता था कि खाना स्वाद नहीं विटामिन देखकर खाना चाहिए और मैं कहता कि विटामिन तो सूर्य से भी मिल जाते हैं और उसके तो कैप्सूल भी मिल जाते हैं पर स्वाद

का कोई विकल्प नहीं है; और जीभ का उपयोग बोलने से ज़्यादा स्वाद के लिए है। बोला तो बिना जीभ के भी जा सकता है पर स्वाद नहीं लिया जा सकता। उसके पास हर चीज़ का शार्टकट होता था। कोई जो काम 10 दिन में करता, वो उसे 2 दिन में कर लेता और बचे हुए समय में या तो खेलता या सोता। किसी भी सब्जेक्ट को वो उतना ही पढ़ता था, जितना ज़रूरी है।

हमेशा कहता, “50% बहुत है, इससे ज़्यादा लाएंगे तो कमज़ोर बच्चों पर अत्याचार होगा और ज़िंदगी में पढ़ाई से ज़्यादा अनुभव ज़रूरी है। हार्ड वर्क से ज़्यादा स्मार्ट वर्क ज़रूरी है।”

नवोदय में बच्चों को फ़िज़िकल एक्टिविटी में भी इंगेज रखा जाता था। ऐसे ही हर हाउस को एक दिन सुबह 1 घण्टे सफ़ाई करने का काम दिया जाता था। सभी का क्षेत्र भी अलग से निर्धारित किया जाता था। यह भी बच्चों के विकास के लिए अनिवार्य क्रियाकलाप हैं जो उन्हें जीवन में अलग आयाम देते हैं। ऐसा हमारे कुछ साथी कहा करते थे। हमारे हाउस मास्टर प्रत्येक मंगलवार को हमें सुबह के समय सफ़ाई करने ले जाते थे। मुझे याद है सफ़ाई के लिए, मैं, कपिल और यशपाल सबसे पहले पहुँचते। यशपाल कहता, “जल्दी से कचरा इकट्ठा कर लो और उसमें आग लगा दो जिससे पूरे कैम्पस में दूर से दिखाई दे कि हमने सफ़ाई की है और दिखाना हमेशा करने से ज़्यादा ज़रूरी होता है।” और फिर हम सबके साथ सफ़ाई करना शुरू करते। इसका यह फ़ायदा था कि हर कोई हमारे हाउस को सिन्सियर मानता था, जो सबसे अच्छी सफ़ाई करते हैं।

धीरे-धीरे कई वर्ष निकल गये। हम 10th में आ चुके थे। एक दिन की घटना याद है, हमारे इंग्लिश टीचर हर रोज़ क्लास में आते और हम सबसे कहते, "डिक्शनरी निकालो और मुझसे कोई भी मीनिंग पूछो।" वो शायद इसलिए पूछते ताकि इस बहाने हमें भी कुछ मीनिंग याद हों।

पर मैं कभी कोई मीनिंग नहीं पूछता। वैसे भी हर क्लास में कुछ बच्चे ऐसे रहते हैं जो टीचर के सामने ज़्यादा बोलते हैं। उनकी वजह से मेरे जैसे बच्चे बच जाते थे।

एक दिन उन्होंने मेरा नाम लेकर कहा, "पंकज! Ask me something."

मैं इधर उधर देखने लगा।

"मुझे चेक करो, मैं इंग्लिश जानता भी हूँ या नहीं!"

"सर, इसमें चेक करने की क्या बात है? आप इंग्लिश के टीचर हैं तो आपको, अच्छी इंग्लिश आना कौन सी बड़ी बात है!" और यह बोलकर मैं डाँट खाने या पिटने को तैयार हो गया।

पर उन्होंने मुझे डाँटा नहीं! वो बोले, "अगली मीनिंग तुम ही पूछोगे कोई और नहीं।"

अब मुझे लगा कुछ न कुछ पूछना ही पड़ेगा। सभी लोग मेरी तरफ़ देख रहे थे।

"अबे गधे पूछ ना! तेरे चक्कर में आगे नहीं बढ़ रहे।" हर्षिता की आवाज़ थी यह। वो सबसे ऐसे ही बोलती थी। आज भी वो ऐसे ही बोलती है।

आखिर मैंने एक शब्द खोज लिया और सर से पूछा।

"रिपीट करो।" सर ने कहा।

मैंने फिर से रिपीट किया।

"बोर्ड पर लिखो।" चॉक हाथ में देते हुए सर ने इशारा किया। उन्हें लगा कि मैं सही से उच्चारण नहीं कर पा रहा।

मैंने बोर्ड पर लिखा। पहली बार ऐसा हुआ कि सर को कोई मीनिंग पर सोचना पड़ रहा था।

"बहुत अच्छा फँसाया। बड़े विद्वान बने फिरते थे!" पीछे से यशपाल बोला। नीरज, जो हमारी क्लास का टॉपर था, वो मुझे गुस्से से देख रहा था। किसी भी टॉपर को ऐसे लोग पसंद नहीं होते जो कोई कठिन सवाल पूछें या ऐसा सवाल पूछें जिसे बताने में टीचर को मुश्किल महसूस हो।

"दिखाओ मुझे कहाँ लिखा है?" सर ने इशारा किया।

मैंने एक 10th की मैथमेटिक्स की किताब उनके सामने रख दी। असल में वो एक मैथमैटिशियन का नाम था।

सर बहुत हँसे। मुझे लगा पीटेंगे। मैं पिटने को तैयार था पर उन्होंने डाँटा तक नहीं और पहली बार न पिटना भी बुरा लगा।

कई ग़लतियाँ हम यही सोच कर करते हैं कि पिटाई होगी या सज़ा मिलेगी और यदि ऐसा न हो तो अच्छा नहीं लगता, क्योंकि अगली ग़लती के लिए वही सज़ा मोटिवेशन का काम करती है और यदि कोई सज़ा देकर सम्मानित नहीं करेगा तो धीरे-धीरे ग़लतियाँ कम हो जाएँगी।

वो बिना कुछ कहे ही चले गये।

हर्षिता हमारी क्लास की गर्ल्स मॉनिटर हुआ करती थी। कभी ज़रूरत पड़ने पर उससे हम बात करते थे। वह सब से बात करती थी। उसे बात करने में कभी कोई हिचक महसूस

नहीं होती थी जबकि उस समय स्कूल में लड़के और लड़कियाँ आम तौर पर बात नहीं करते थे।

पर उसकी एक बात बुरी लगती थी कि वह कुछ भी कह देती थी, जो उसके मन में आता था, वो कह जाती थी। किसी से भी लड़ जाती थी। किसी को भी भला-बुरा कह देती। उसे कभी डर नहीं लगता था। वो लड़कियों के लीडर जैसी थी। कोई भी उनकी बात होती, हमेशा सामने वही रखती। उस दिन जब इंग्लिश की क्लास में उसने सबके सामने गधा बोला, तो मुझे अच्छा नहीं लगा था। ऐसा नहीं कि उसने यह पहली बार बोला था, वो इससे पहले भी कई बार बोलती चुकी थी और सबसे बोलती थी पर उस दिन मुझे अच्छा नहीं लगा। शायद सर ने डाँटा नहीं था इसलिए ऐसा हो, या कुछ और वजह हो। मैं उसके पास गया। वो क्लास में सबसे आगे की टेबल पर बैठती थी। उसके पास जाकर मैंने कहा, "तेरी हिम्मत कैसे हुई ऐसे बोलने की?"

"क्या ग़लत बोल दिया? तू तो है ही गधा।" उसने बोला और हँसने लगी।

मैं गुस्से में थप्पड़ मारने वाला था पर इससे पहले कभी किसी लड़की पर हाथ नहीं उठाया था तो उस दिन भी हिम्मत नहीं हुई। मैंने उससे बोला कि आज के बाद दोबारा भूल कर भी ऐसा मत कहना,नहीं तो समझ लेना।

"क्या कर लेगा?" हर्षिता ने आँखें दिखाते हुए कहा।

"शक्ल देखी है अपनी?" मैंने कहा।

"अपनी शक्ल देखी है कभी?" हर्षिता ने जवाब दिया।

"तेरे से तो अच्छी है! डायन लगती है डायन! कभी ढंग से देखना।" मैंने कहा।

बस इतनी सी बात पर वो रोने लगी और मैं डर के मारे वापस जाने लगा। प्रतीक्षा उसके पास बैठा करती थी। उसके रोने के बाद वह मुझसे लड़ने लगी, "शर्म नहीं आती तुझे? लड़कियों से लड़ रहा है!"

"उसे शर्म नहीं आती? किसी से कुछ भी बोल देती है! मैं तुमसे या किसी से कभी कुछ ऐसा-वैसा बोलूँ, तो अच्छा लगेगा?"

"क्या बोलेगा? तेरी हिम्मत है इतनी?"

मैं प्रतीक्षा से इतने करीब से आँखों में आँखें डाल कर बात कर रहा था। मैंने उसे कई बार देखा था। कई बार सुना था पर इस बार देखना और सुनना दोनों अलग थे।

"माफी मांगो उस से।" वो कह रही थी।

"तुम कह रही हो तो, मांग लेता हूँ।"

"तुम कह रही हो तो, क्या मतलब है?"

"कुछ नहीं। सॉरी हर्षिता।"

"कोई बात नहीं यार, तू तो भाई है मेरा।"

"भाई मत बोलना बस, भाई मत बोला कर।" और मैं वापस आ गया।

10th में कुछ बच्चे ज़्यादा ही सीरियस हो जाते हैं। शायद उनका सीरियस होना सही था पर मुझे कोई फ़र्क नहीं पड़ता था। मैं हमेशा कहता था, "बोर्ड के पेपर हैं तो क्या हुआ? बोर्ड में भी तो हरपाल सर जैसे ही टीचर पेपर बनाते हैं।" हरपाल सर हमारे मैथ के टीचर थे और मेरा यह भी मानना था

60% के आस-पास रहने वाले को कोई दिक्कत नहीं होती। दिक्कत तो उन्हें होती है जो 100% चाहते हैं या जिनके 40% के आसपास आते हैं।

कुछ समय में मुझे यह एहसास हुआ कि प्रतीक्षा एक ऐसी लड़की है जिससे बात करने में मुझे अजीब सी फीलिंग होती थी। अजीब सी क्या थी, यह आज तक पता नहीं चला पर जिस प्रकार मैं सब से बात कर पाता था, मैं उससे बात नहीं कर पाता था। उसे देखता भी था तो कुछ देर देखते ही नज़र नीचे कर लेता था। धीरे-धीरे और लोगों से बात करने लगा उससे बात करना बंद कर दिया।

क्लास में सिर्फ़ उसको देखता रहता था। धीरे-धीरे उसके प्रति एक अजीब सा अट्रैक्शन हो चला था। उसका चेहरा, उसकी आँखें, उसके बाल, उसके कपड़े, उसकी चलने की स्टाइल, उसकी किताब, उसकी किताबों पर चढ़ाया गया कवर, जिस पर वह हमेशा फूल बनाती थी, जिस पर हमेशा वह शॉर्ट फ़ॉर्म में कुछ शब्द लिखा करती थी, जो उसके पूरे परिवार को दर्शाता है, जिसमें उसके परिवार के सभी सदस्यों का का नाम आता था। धीरे-धीरे उस से जुड़ी हुई हर चीज़ अच्छी लगने लगी। कोई चीज़ सिर्फ़ इसी बात पर अच्छी लगने लगी थी कि उसको प्रतीक्षा ने छुआ है। कोई रास्ता सिर्फ़ इसलिए अच्छा लगने लगा था कि वहाँ से वो गुज़री थी। अगले 2 महीने में मेरा सब कुछ बदल गया था। मेरा किसी से बात करने का नज़रिया, मेरे पढ़ने का नज़रिया, मेरे खेलने का, खाने का, यानि कि हर चीज़ बदल चुकी थी। शरारतें भी अलग किस्म की हुआ करती

थीं। यह ध्यान रखता था किसी को दुःख न पहुँचे, सिर्फ़ मनोरंजन हो।

आगे क्या होगा, इसका कोई आईडिया नहीं था। जब भी उससे मिलने का मौका मिलता, उसकी बात सुनता, उसकी तरफ़ देखता, कभी उससे बात करने की हिम्मत नहीं हुई। एक दिन बहुत हिम्मत करके हर्षिता से उसके बारे में कहा। मैं सिर्फ़ उसके और उसके परिवार के बारे में जानना चाहता था। हर्षिता ने मुझे बताया कि प्रतीक्षा के पापा किसी सरकारी जॉब में थे। उनकी पूरी फैमिली नवोदय की ही पास की तहसील में रहती थी। उसने यह भी बताया कि पहले उनकी फैमिली दिल्ली में रहती थी जहाँ से 1984 के दंगों के बाद उसके पापा सबको लेकर मध्य प्रदेश आ गये थे। यह सब बताने के बाद वो ये भी बोली, "तू सच में पागल ही है!"

"जैसा भी हूँ तेरा भाई हूँ! मदद नहीं करेगी?"

"कोई मदद की उम्मीद मत रखना मुझसे।" यह कहकर वो चली गयी।

सनी को मेरे बारे में सब कुछ पता होता था। मैं कई बार उससे छुपकर रहना चाहता था। मैं नहीं चाहता था कि उसे मेरी इस फीलिंग के बारे में पता चले पर उस दिन उसने मेरा यह भ्रम तोड़ दिया। रात में खाने के बाद उसने कहा, "ओए हीरो, क्या चल रहा ये? क्या सुन रहा हूँ मैं?"

"क्या सुन रहा है! मुझे क्या पता?"

"सबको पता चल गया तेरे बारे में।"

"मतलब!! क्या पता चल गया?"

"तेरा और उसका, जो कुछ चल रहा है न, वो सब पता है मुझे। इसी चक्कर में रहेगा तो फ़ेल हो जायेगा और उस हर्षिता से क्या मदद मांग रहा था? वो क्या करेगी? ख़ुद खिसकी हुई है वो! उससे अच्छा है, भाई से मदद मांग!"

"क्या मदद मांगूं यार?" मैंने उससे सब कुछ कह दिया।

"मुझे 2 महीने पहले ही शक हो गया था। जिस तरीके से तू कपड़े धुलवाकर और प्रेस करके पहनता था! क्लास में पहले पहुँचना और उसके जाने के बाद क्लास के निकलना! मुझे लगा कुछ गड़बड़ है। फिर मैंने तेरा टेबल बदलना, उसी की तरफ़ देखना नोटिस किया। एक दिन वो प्रेयर से जल्दी आ गयी थी, तो तू भी उसके बाद आ गया था। इन सब हरकतों से मेरी सब समझ आ गया था। आज हर्षिता ने कन्फर्म कर दिया।"

"क्या बोल रही थी वो?"

"बोल रही थी समझा ले अपने गधे दोस्त को, लड़की के बारे में पूछ रहा था!"

मेरा रोल नंबर 21 था उसका 22। हमारा नाम एक ही शब्द से था इसलिए, प्री-बोर्ड और फ़ाइनल एग्ज़ाम में भी हम साथ बैठते थे पर मुझे पलट कर देखना पड़ता था जो सम्भव नहीं था। मैं हमेशा सोचता काश मेरा रोल नंबर बाद में होता।

10th क्लास जैसे-तैसे निकली और उसके बाद 3 महीने की छुट्टियाँ पड़ी थीं। हर साल 2 महीने की छुट्टी होती थी पर उस साल 3 महीने की हुई क्योंकि 10th का रिज़ल्ट देर से आता था। मुझे अच्छे से याद है, उन छुट्टियों में, उसका चेहरा दिमाग से नहीं हटता था। उसका चेहरा अभी भी दिमाग में छपा हुआ था। शायद ही ऐसा कोई दिन रहा हो जिस दिन उसका

चेहरा याद न आया हो। बस, यह समझो प्रतीक्षा में ही 3 महीने गुज़र गये। इस दौरान रिज़ल्ट आ चुका था। मैंने ठीक स्कोर किया था, मेरे 63% थे। इससे ज़्यादा कभी सोचता भी नहीं था। 60% ही मेरा टारगेट रहता था। हर क्लास में मेरा इसी के आस-पास परिणाम रहा।

3 महीने बाद सभी लोग स्कूल पहुँचे। स्कूल पहुँचने पर सबसे बड़ा चैलेंज था सब्जेक्ट डिसाइड करना। कौनसा सब्जेक्ट लिया जाये, यह एक बड़ी समस्या थी। इसे बताने के लिए मेरे घर में कोई नहीं था। यह निर्णय पूरी तरह मुझ पर निर्भर था। परिवार में हम पहली पीढ़ी के थे जिन्होंने 8th भी पास किया था। स्कूल में कॉमर्स का क्रेज था इसलिए अधिकांश लोग उसी को लेना पसंद करते थे। कोई बताता था इससे CA बनते हैं। CA कौनसी बला है, कोई नहीं जानता था। बस हम एक CA को ही जानते थे जो मैस के इंचार्ज थे। पर भेड़चाल की तरह अधिकांश लोग कॉमर्स लेते थे। उन्हें नहीं पता था कि सब्जेक्ट क्यों लिया जाता है? क्या कारण है! इसकी वजह से उन्हें कोई फ़र्क भी नहीं पड़ता था। सिर्फ़ यह जानते थे कि सीनियर कॉमर्स ही लेते हैं। हालाँकि कुछ वर्ष पहले ही उसी स्कूल में साइंस शुरू की गई थी लेकिन अभी भी साइंस लेने वाले बच्चों की सँख्या कम होती थी। उसका पहला कारण था 10th के परिणाम के अनुसार साइंस देते थे। दूसरा, कई लोग ज़्यादा नंबर आने के बाद भी साइंस लेना पसंद नहीं करते थे। फिर भी प्रिंसिपल सर, यह ध्यान रखते थे कि कम से कम इतने बच्चे तो साइंस ले ही लें जितने में साइंस स्ट्रीम चलती रहे।

मैं भी जब स्कूल गया तो पता चला सभी को लाइब्रेरी में बुलाया है। वहीं 10th के क्लास टीचर, लाइब्रेरियन सर, मैथ, कॉमर्स के टीचर बच्चों से बात कर रहे थे और कुछ बच्चों को सब्जेक्ट लेने के लिए गाइड या मोटीवेट कर रहे थे। साथ ही, बच्चों द्वारा पूछे जाने वाले सवालों के जवाब दे रहे थे। जैसे इस सब्जेक्ट के बाद क्या होता है, कहाँ पढ़ना पड़ता है, आदि।

मुझसे पूछा गया कि आप क्या सब्जेक्ट लेंगे? सभी बच्चों के नंबर की लिस्ट लाइब्रेरियन सर के पास थी। उन्होंने कहा इसके मैथ में अच्छे नंबर हैं और रिज़ल्ट भी ठीक है। इसे मैथ देते हैं और मैं तैयार ही हो गया। "हाँ, ठीक है! मैं साइंस या मैथ में कुछ भी ले सकता हूँ।"

तभी सनी से बात हुई। उसके 10th में 72% थे। उसने मैथ लेने का डिसाइड कर लिया था। उसके परिवार में एक भाई कोचिंग में पढ़ाते थे, जिनसे वो सलाह लेकर आया था। और यही वो मुझे बताने लगा, "मैथ से कॉम्पीटीशन में फ़ायदा होता है। इसमें स्कोप भी ज़्यादा है और मैथ वाले कॉमर्स के भी सभी कोर्स कर सकते हैं।" और लास्ट में बोला, "हम पढ़ने वाले बच्चे हैं। पूरे स्कूल में हमारी अलग ही इज़्ज़त होगी, मैथ ही लेते हैं।"

"प्रतीक्षा ने क्या लिया है" मैंने पूछा।

"अबे उसे छोड़, अपनी लाइफ़ देख। अब तक भूला नहीं है उसे? वैसे उसने कॉमर्स लिया है। उसके पापा अकाउंटेंट हैं, वो भी ऐसा ही कुछ लेगी।"

"तुझे किसने बताया?" मैंने कहा।

“वो सर को बता रही थी कि उसके पापा ने भी कॉमर्स सजेस्ट किया है।”

मैंने कहा, “मैं भी कॉमर्स ले रहा हूँ।”

सनी गुस्से से मेरी तरफ़ देखता रहा, “साले, लड़की के लिए ज़िंदगी खराब कर देगा? उस लड़की के लिए, जिससे तेरी आज तक बात भी नहीं हुई, तूने मेरा साथ छोड़ दिया! क्या यार, क्या है?”

“नहीं यार! मुझे सच में CA बनना है। मैथ की कोई वैल्यू नहीं है। तुझे पता नहीं, बहुत कॉम्पीटीशन है। आईआईटी नहीं निकलती। बहुत फ़ीस लगती है। कॉमर्स से CA बनते हैं। मेरे घर वाले भी यही चाहते हैं।” मैंने सनी से झूठ कह दिया जबकि वो भी जानता था कि मेरे घर में किसी ने कॉमर्स का नाम तक नहीं सुना था।

उस दिन सनी ने बहुत समझाया मगर मैं नहीं माना। उसने कहा कि किसी लड़की के लिए करियर बेकार नहीं किया जाता पर मुझे कोई फ़र्क नहीं पड़ा। फिर लास्ट में सिर्फ़ इतना बोला, “ज़िंदगी तेरी है, तू जाने।”

हर्षिता, यशपाल, आलोक, तोमर, मोनू, राजेन्द्र ऐसे कई लोगों ने कॉमर्स लिया था और प्रतीक्षा भी इसी क्लास में थी तो मुझे लगा जैसे सारा स्कूल यहीं है।

तीन दिन बाद, सनी ने भी सब्जेक्ट चेंज करने की एप्लीकेशन दे दी और सर को यह कहकर मना लिया कि उसे मैथ समझ नहीं आता और उसके पापा ने भी ख़बर भेजी है कॉमर्स लेना है। मुझे आज तक यह समझ में नहीं आया कि क्या सच में सनी को मैथ समझ में नहीं आता था या उसने मेरे कारण

सब्जेक्ट बदला था! उसकी आज भी यही आदत है। वो जब भी मेरी कोई मदद करता तो इस बात का विशेष ध्यान रखता कि मुझे पता न चले कि उसने मदद की है।

उस दिन हम लोग बहुत देर तक छत पर बैठे रहे। उसने बहुत सारी बातें कीं। छुट्टी में क्या हुआ बताया, वो इंदौर अपनी बुआ के घर गया था, एक महीने के लिए, तो इंदौर के बारे में बताता रहा। उसकी बातें, मुझे कुछ समझ में आ रही थीं, कुछ नहीं, पर एक बात उसकी मुझे अच्छी लगी।

वो बोला, "कोई सब्जेक्ट यह डिसाइड नहीं कर सकता कि हम क्या करेंगे! यह सिर्फ़ फ़ॉर्मैलिटी है। यह ज़िंदगी नहीं बल्कि सफ़र है और तुझे पता है, कॉमर्स और आर्ट का एक बहुत बड़ा फ़ायदा है, जो साइंस, मैथ में नहीं होता।"

"क्या?" मैंने कहा।

"इनको पढ़ने के लिए कर्ज़ नहीं लेना पड़ता, और न ही बड़े-बड़े कॉम्पीटीशन देने पड़ते हैं। ट्वेल्थ के बाद आराम से बीकॉम हो जाती है। और ग्रेजुएशन के बाद सब एक जगह आते हैं।, चाहे वह आईआईटी के हों, चाहे वह कॉमर्स के। मेरे भाई के बड़े-बड़े लिंक हैं। एक भाई है, जो कोचिंग में पढ़ाते हैं, एसएससी पास कर लिया। हम भी बीकॉम के बाद कॉम्पीटीशन करेंगे। कोई बड़े अधिकारी बनेंगे। बस तू टेंशन मत ले यार और इसे छोड़। इससे अच्छी लड़कियाँ मिल जाएँगी। क्यों अपना टाइम खराब करता है!"

मैं और सनी दोनों ही फर्स्ट जनरेशन पढ़ने वाले थे। मेरे और सनी के घर में कोई पढ़ा-लिखा नहीं था। उसके परिवार में एक बड़े भाई ज़रूर पढ़े थे, एसएससी की कोचिंग

चलाते थे। सनी, उनसे ही कभी-कभार ज्ञान की बातें सुन कर आ जाता और मुझे सुना देता था। शायद उस दिन उसका यह फ़ैसला मेरे ही कारण था। धीरे-धीरे इलेवंथ में हम नये सब्जेक्ट के साथ, नये माहौल के साथ, और जो नये दोस्त आये थे, उनके साथ आगे बढ़ने लगे।

11th क्लास के भी 6 महीने निकल चुके थे और मैं अब तक प्रतीक्षा से बात करने की हिम्मत नहीं जुटा पा रहा था। 1 दिन, मैं वॉकमैन पर अल्ताफ़ राजा के गाने सुन रहा था। वो सनी ने सुन लिए और बोला, "तू बड़ा बेवकूफ है! तुझे उसके अलावा कुछ दिखता ही नहीं है क्या?"

मैंने कहा, "यार मैं उससे बहुत प्यार करने लगा हूँ!"

"तुझे पता भी है प्यार का मतलब?"

"वो तो नहीं पता पर मुझे वो अच्छी लगती है।"

"तू कहे तो उठा लें उसे?"

वो कभी-कभी ऐसी बातें कर देता था जिनका अर्थ उसे ख़ुद भी नहीं पता होता।

"ठीक है तो फिर एक काम कर, उससे जाकर बोल दे, और इस चैप्टर को क्लोज़ कर।"

"कैसे बोल दूँ यार? मना कर दिया तो?"

"हाँ तो ठीक है, बात ख़त्म।"

"कैसे ख़त्म कर दूँगा सब कुछ? इससे अच्छा है, मैं उससे कुछ बोलूँ ही न!"

"देख! तू इस बात को समझ ले कि उससे बोलना अब ज़रूरी है। हो सकता है वो हाँ कर दे। तू कोशिश तो कर! यदि न करेगी तो उसका भी कुछ न कुछ उपाय खोजेंगे। चल, कोशिश

करते हैं। ऐसे बिस्तर में लेटे-लेटे, अल्ताफ राजा का गाना- 'आँख ही न रोई है, दिल भी तेरे प्यार में रोया है...', सुनने से कुछ नहीं होने वाला।

अच्छा एक काम करते हैं। मेरे पास एक प्लान है। मेरा जन्मदिन आने वाला है। मेरे जन्मदिन पर हम टॉफी देने चलेंगे। तू देना, मैं साथ रहूँगा। उसे अलग से बुला लूँगा। फिर तू बोल देना, ठीक है?"

"हाँ, ठीक है।"

उसके जन्मदिन के दिन, 4 जनवरी को, हम दोनों, जैसा सोचा था वैसे ही टॉफी बाँटने के लिए गये। प्रतीक्षा उस दिन भारती के साथ थी। सनी ने हर्षिता के द्वारा भारती से कहलवाया।

हम दोनों साइंस लैब में आकर अपने कुछ दोस्तों के साथ बैठ गये। उस समय लैब में कोई टीचर नहीं थे। सनी ने सभी दोस्तों को बता रखा था कि जैसे ही वो आये, सब उठ कर चले जाएँ।

भारती ने प्रतीक्षा को बताया, "तुझे सनी ने साइंस लैब में बुलाया है।"

"क्यों?"

"अरे जन्मदिन है न उसका तो टॉफी बाँट रहा है।"

"तो यहीं आकर दे देगा। मेरी क्या अटक रही है जाने की।"

"चली जा न, क्या दिक्कत है?" हर्षिता भी बोल पड़ी।

"तू ज़्यादा वक़ील मत बन, मुझे नहीं जाना।"

आखिर वो नहीं गयी। फिर सनी ख़ुद उसको टॉफी देकर आया और मुझसे बोलने लगा, "तेरी किस्मत ही खराब है। साला पता नहीं, किस से लिखवाकर लाया है।"

उस बात से मुझमें जोश आ गया। शायद बिना प्रयास के असफलता और प्रयास के बाद मिलने वाली असफलता में यही फ़र्क है। प्रयास करने के बाद भी असफल होना, हमें मज़बूत बनाता है और आगे बढ़ने के लिए हौसला देता है। और मैं सीधा प्रतीक्षा के पास पहुँचा।

उस दिन वो ड्रैस के साथ स्कार्फ़ भी पहनकर आयी थी। मैं उसे अपलक देखता रहा, वो भी मुझे देख रही थी।

"प्रतीक्षा!" मैंने कहा।

"हाँ बोल, क्या बात है?" प्रतीक्षा ने कहा।

इतने में हर्षिता पानी पीने का बहाना बनाकर, भारती का हाथ खींचते हुए बाहर ले गयी।

"हाँ बोलो, क्या बात है?" प्रतीक्षा ने कहा।

"मुझे तुमसे बात करनी है।"

"बोलो, क्या बात करनी है?"

"अभी नहीं, बाद में।"

"बाद में मेरे पास टाइम नहीं है, जो बोलना है अभी बोल।"

"नहीं! शाम को गेम्स टाइम में मिलना।"

"नहीं मिलूंगी। इतना फ़ालतू टाइम नहीं है मेरे पास।"

"गेम्स के टाइम हैंड पंप के पास आना।"

"नहीं आऊँगी।"

"अभी मुझे सनी के साथ जाना है क्लास में।"

वो मेरी तरफ़ लगातार देख रही थी। ऐसा लग रहा था जैसे बात करने की कोई ज़रूरत नहीं है, बस यहीं समय थमा रह जाये।

उस दिन की आखिरी क्लास हिंदी की थी। ज्योति मैडम हिंदी पढ़ाती थीं। उस दिन किसी प्रकृति सौंदर्य पर कोई कविता पढ़ा रही थीं। उसे सुनकर बस ऐसा लग रहा था जैसे कई दिन के कोहरे के बाद सूर्य दिखने वाला हो। हर सब्जेक्ट में मुझे वो ही दिखाई देती थी। एकाउंट में टैक्स भी पढ़ता तो लगता वो किसी ऑफ़िस में टैक्स का काम रही है और मुझे मदद के लिए बुला रही है। इंग्लिश में कोई स्टोरी पढ़ते तो लगता शेक्सपीयर जैसे लोग हमारे लिए ही लिखते थे। अर्थशास्त्र पढ़ते तो जैसे हर ग्राफ में उसी का फोटो बनाया जा रहा हो।

उस दिन खाना खाने में बिल्कुल मन नहीं लगा। सनी कहता रहा, "तेरे पूरे कॉन्सेप्ट ही गड़बड़ हैं, खाने का प्यार से क्या लेना देना?"

उस दिन हम खाना खाकर सीधे निकल गये। 2 घंटे पहले से ग्राउंड में पहुँच कर घूमते रहे। कभी टंकी के नीचे, हॉल के बाहर स्टेज पर, स्कूल बिल्डिंग में, बस ऐसे ही 2 घंटे काट दिये।

शाम को 4 बजे से बच्चे ग्राउंड में आने लगे। सनी ने समझाया, "कोई गड़बड़ नहीं करना, उससे एकाउंट, अर्थशास्त्र की बात करके मत आ जाना, और डरना नहीं मैं तेरे पीछे ही रहूँगा।"

4 से 5 बजे तक हम बास्केटबॉल ग्राउंड पर बैठे रहे। वो नहीं आयी।

"भाई तेरी किस्मत बेकार ही है।"

थोड़ी देर में, हर्षिता और प्रतीक्षा दिखाई पड़ीं।

"अब देख लेना, मैं पीछे ही हूँ।" यह कहकर सनी अलग हो गया।

वो दोनों वहाँ से स्कूल के पीछे हैंडपम्प पर पानी पीने पहुँचीं। थोड़ी देर में हर्षिता चली गयी। अब 'वो' अकेली वहाँ थी। मैं उसके पास जाने लगा। वो आगे-आगे स्कूल बिल्डिंग में पहुँच गई। अंदर लाइब्रेरी के सामने हम खड़े हो गये।

सनी हमारे पीछे पीछे आ रहा था। वो इतनी दूरी बनाकर चलता कि हम उसे देख न सकें।

"क्या कहना है बताओ?"

मैं उसे देखता रहा।

"मुझे पता नहीं क्या हो गया है, पूरे दिन तुम दिखाई देती हो! कुछ भी करूँ तुम ही तुम दिखाई देती हो। पता नहीं क्या हो गया है मुझे! घर जाता हूँ तब भी, छुट्टी में भी, कुछ भी करता हूँ तब भी, मुझे कुछ और दिखाई नहीं देता।"

"मैं क्या कर सकती हूँ इसमें?"

"मुझे नहीं पता तुम क्या कर सकती हो पर मैं भी क्या करूँ? मुझे तुम ही तुम दिखती हो। मुझे नहीं पता इसमें मैं क्या करूँ?"

"तुम्हारी प्रॉब्लम है, तुम जानो।" और वो वहाँ से चली गई।

सनी, जो हमारे पीछे आ रहा था, वह छुप गया था। उसने हमें बात करते हुए देख लिया था। बस, उसे यह नहीं पता था कि क्या बात हुई है।

"अब तो खुश है भाई? हाँ बोल दी उसने?"

"मैंने सारी बात बतायी।"

"भाई अब क्लियर मना हो गया, उसका चक्कर छोड़।"

"मना कहाँ किया यार उसने?"

"हाँ यह तो है यार। मना तो नहीं किया, पर हाँ भी तो नहीं किया।"

"तो मना भी तो नहीं किया। अगर उसे बुरा लगता तो मना कर सकती थी। क्लियर बोल सकती थी कि मुझसे आज के बाद बात नहीं करना।"

"बात तो तेरी ठीक है पर लड़कियों का हिसाब थोड़ा अलग रहता है। वो हमारे जैसी नहीं होतीं। हम उनकी बात समझ नहीं पाते। ये भी हो सकता है कि उसने सोचने के लिए टाइम लिया हो!"

"चल छोड़ यार! कहीं बाहर बैठते हैं।"

"दिमाग मत खा। अब, पता नहीं साला क्या हो रहा है तेरे साथ।"

शाम के लगभग 6:30 बज चुके थे, अंधेरा होने वाला था। दूर से चेहरे क्लियर दिखाई नहीं दे रहे थे पर फिर भी मुझे उसका चेहरा दूसरे लोगों के बीच में भी क्लियर दिखता था। पता नहीं ऐसा क्या था! उसकी आँखों को मैं दूर से पहचान लेता था। ऐसे ही फिर से लगभग 1 महीने निकल गया।

1 दिन सुबह की प्रेयर में, मैंने देखा प्रतीक्षा प्रेयर में नहीं थी जबकि मुझे स्कूल में दिखाई दी थी। मतलब साफ था कि वह क्लास में थी, प्रेयर में नहीं आई थी। ऐसा कई बार बच्चों के साथ हो जाता है किसी को कोई प्रॉब्लम होती है तो प्रेयर में नहीं आते, क्लास में बैठे रहते हैं।

मैं भी प्रेयर से, पेट दर्द का बहाना बनाकर, क्लास में जा पहुँचा।

मैंने देखा वह वहाँ बैठी थी। अपने सिर को हाथों पर रखे, टेबल पर बैठी थी।

"क्या हुआ प्रतीक्षा?"

"सिर दर्द कर रहा है।"

"तुमसे कुछ कहना है।"

"क्या?" वह सिर उठा के मेरी तरफ़ देखते हुए बोली।

"मैं तुमसे प्यार करता हूँ।"

"मुझे नहीं पता प्यार क्या होता है! मैं कुछ नहीं जानती। और अब मुझसे बात मत करना।" और मेरी तरफ़ देखकर फिर से वैसे ही बैठ गयी।

मैं आज भी सोचता हूँ कि क्या वो इस बात को सुनने के लिए मेंटली प्रिपेयर थी क्योंकि उसने इस बात को बड़ी आसानी से सुन लिया था।

मैं और ज़्यादा बेचैन रहने लगा, मेरा पढ़ने में बिल्कुल भी मन नहीं लगता था, अब किताब उठाकर ही नहीं देखता था।

मुझे लगता था कि वह मना कर दे यार, मना भी तो नहीं कर रही है, अब मना तो कर दे कम से कम।

उसी दौरान सनी मेरे लिए कहीं से एक किताब लाया, 'जीत आपकी'। शिव खेड़ा की किताब थी जो उस समय बड़ी प्रसिद्ध थी। मैं उस किताब को पढ़ने लगा।

कुछ लोग हमें सुनते हैं, कुछ लोग हमें देखते हैं, कुछ हमें पालते हैं, पर दोस्त हमें जीते हैं, इसीलिए जितना हमें दोस्त समझते हैं, उतना कोई नहीं समझ सकता।

धीरे-धीरे समय निकलता गया। हम सब 12th में थे। कुछ चीज़ें मेरी दिनचर्या का हिस्सा बन गयी थीं, जैसे, उसे हर रोज़ हर जगह, PT से लेकर रात के खाने तक देखना। नहीं दिखने पर बेचैन हो पड़ता था। खाली टाइम में उस टेबल पर घण्टों बैठा रहता जहाँ वो बैठती थी। उन सीढ़ियों की रेलिंग को पकड़ कर चलता जिन्हें वो छू कर निकलती थी। ऐसे ही सब कुछ चलता रहा। सनी कई बार समझाता पर कोई फ़र्क नहीं पड़ता। एक बार हर्षिता और सनी ने मुझे बहुत देर तक समझाया पर मैंने उनसे यही कहा, "तुम मुझे नहीं समझोगे।"

आखिर एक दिन सनी ने मुझसे कहा, "प्रतीक्षा मिली थी आज और उसने कहा है कि यदि तू अच्छे से पढ़ेगा और 80% से ज़्यादा लाएगा तो वो बात कर लेगी।"

सनी का मुझसे यह कहना पर्याप्त था मुझे ट्रैक पर लाने के लिए।

जनवरी में प्री-बोर्ड एग्ज़ाम हुए। मैंने उस एग्ज़ाम में 1 सब्जेक्ट में टॉप करने के साथ टोटल 7 रैंक हासिल की। मैं खुश था और इसी खुशी में मैंने हर्षिता से जा कहा, "प्रतीक्षा से कह देना, मन से पढ़ रहा हूँ।"

उसने प्रतीक्षा से कह दिया। और फिर सनी की पेशी हुई। उसे ढंग से सुनाया गया। पता नहीं उससे क्या-क्या कहा गया, पर वो बहुत दुःखी था। शायद उसे भी लगा कि उसने ग़लत किया।

इधर मैंने सनी से भी बात करनी बंद कर दी।

उसने समझाना चाहा, पर मैं नहीं समझना चाहता था।

अब मैं फिर से ट्रैक पर था। इसी तरह 12th निकल गयी और आखिरी पेपर के दिन मुझे प्रतीक्षा ने बुलवाया।

मैं बड़ा खुश था। मुझे लगा शायद अब वो हाँ करे। उसने कहा, "देखो मैं नहीं चाहती, मेरी वजह से किसी की लाइफ़ बेकार हो, इसीलिए मैंने तुम्हें यह बताने बुलाया है कि यह सब बेवकूफ़ी है, अपने आगे के जीवन पर ध्यान दो।"

"तुम्हें मुझसे क्या फ़र्क पड़ता है? मैं कुछ भी करूँ।"

"तुमने इतना टाइम मेरे कारण बेकार किया, इसलिए फ़र्क पड़ता है।"

"पर मैं तुमसे प्यार करता हूँ और सिर्फ़ इतना जानना चाहता हूँ कि तुम करती हो या नहीं?"

उसने कहा, "नहीं, मैं तुमसे प्यार नहीं करती।"

ऐसा लगा जैसे किसी ने उठाकर छत से नीचे फेंक दिया हो!

मैं फूट-फूट कर, बच्चों की तरह रोने लगा।

"यह बात तुमने 1 साल पहले क्यों नहीं कही?"

"तो अब कह रही हूँ और पहले भी तो हाँ नहीं किया था।"

मैं बच्चों की तरह रोता रहा और आँसू पौंछता। रहा वो चली गयी।

उसके बाद मैं फिर रूम पर गया। सभी अपने-अपने सामान को पैक कर रहे थे। सभी अपनी-अपनी डायरी में एक-दूसरे का और अन्य सीनियर्स व जूनियर्स का पता और उनसे अपने बारे में कुछ लिखवा रहे थे। मैंने किसी की डायरी में कुछ नहीं लिखा। न ही मैंने कोई ऐसी डायरी बनाई। मैंने सोचा, क्या फ़ायदा इन यादों का, मुझे किसी से कोई मतलब नहीं रखना।

मैं भी औरों की तरह अपना सामान पैक करने लगा। अगले दिन हमारा उस बिल्डिंग का, उस विद्यालय का अंतिम दिन था। 7 साल कब निकल गये पता ही नहीं चला। हम सब उसी स्कूल में बड़े हुए थे। सब कुछ वहीं से सीखा था। नवोदय सिर्फ़ 12th तक ही हुआ करते थे। उसके बाद सभी को अपने-अपने रास्ते पर जाना होता था। हम में से अधिकांश लोग ऐसे थे जो यदि नवोदय में नहीं आते तो शायद 12वीं पास नहीं कर पाते। इसकी वजह अलग-अलग हो सकती हैं, किसी की वजह पैसा, किसी की वजह घर का माहौल।

मैं सामान पैक कर रहा था और रोता जा रहा था। कई चीज़ें एक साथ दिमाग में चल रही थीं। लग रहा था कि अब कुछ बहुत अच्छा बड़ा पढ़कर इसको दिखाऊंगा। बदला लेकर इसे दिखाऊंगा कि इसने ग़लती की। फिर लगा यार उसका भी तो अधिकार है। ऐसे ज़बरदस्ती तो किसी से नहीं कहा जा सकता। उसकी इच्छा नहीं है, तो नहीं है।

उसने मुझे बुलाया क्यों था! और कुछ हो न हो, पर कुछ तो मेरे बारे में सोचती है। हो सकता है, किसी दबाव के कारण

हाँ नहीं कर पा रही है। हो सकता है, भविष्य में हाँ कर दे! और इस एक कल्पना ने फिर से मुझे रोक दिया। और फिर से मुझे खुश कर दिया कि नहीं उसे भी मुझसे प्यार है, वह कह नहीं पाई।

अब सामान पैक करने में ख़ुशी थी। सभी चीज़ें संभाल के रख रहा था। मेरे पास स्कूल की किताबें थीं जिन्हें मैंने लाइब्रेरी में जमा नहीं किया बल्कि उनकी जगह ड्यूज़ भर दिया क्योंकि मैं मानता था कि जब भी मैं उन किताबों को खोलूँगा तो मेरे सामने यह समय, यह क्लास सब कुछ वापस आ जायेगा। उन किताबों को बक्से में रख लिया। वह पूरा दिन और रात, ऐसे ही सोचने में निकली। अगले दिन हम पेपर देने गये। सभी के पेरेंट्स लेने आ चुके थे।

लगभग 1 घंटे बाद सब लोग स्कूल के मेन गेट पर थे जहाँ वे बस आने का इंतज़ार कर रहे थे। सब लोग बस से ही जाते थे। किसी के पास निजी वाहन नहीं होते थे। किसी के पास दो पहिया वाहन, स्कूटर बाइक होती थी पर उससे पूरे सामान ले जाना संभव नहीं था। इसलिए सब लोग बस से ही जा रहे थे। गेट पर सनी आया। उसके पापा साथ आये थे। हम सब लोग आपस में बातें कर रहे थे, क्या पता हम कभी मिल पाएंगे, या नहीं मिल पाएंगे। हम सब इस बात को लेकर बहुत दुःखी थे। मैंने सनी को देखकर उससे हाथ मिलाया और उसे देखकर कहा, “सॉरी यार!” मेरी आँखों में आँसू आ गये।

उसने कहा, “कोई बात नहीं यार! फिर मिलेंगे। अभी तो बहुत बड़ी ज़िंदगी है, रोने वाली क्या बात है!”

“याद आयेगी तेरी।”

उस दिन हमारी क्लास के और भी लोग थे। एक-दूसरे को देखकर हम सब की आँखों में आँसू भरे हुए थे कि पता नहीं अब मिल भी पाएंगे या नहीं मिल पाएंगे! और बस तभी एक बस आयी। आधे लोग उस में बैठ गये। जो नज़दीक के थे, वह दूसरी बस से गये। हम अलग-अलग दिशा में जाने वाली अगली बसों के इंतज़ार में खड़े रहे। उस दिन को याद करके मैं आज भी रोता हूँ। ऐसे दोस्त, ऐसे टीचर, हमें कहीं नहीं मिलने वाले थे। हमारे कुछ टीचर कहा करते थे, “जब बाहर निकलोगे, तब आटे दाल का भाव पता चलेगा।” उस समय हम उनकी बात का मज़ाक उड़ाते थे पर वो हक़ीक़त थी। ज़िंदगी की दौड़ अब शुरू होने वाली थी।

***

सनी CA करने के लिए इंदौर चला गया। मैं, नीरज, कपिल और तोमर, हम चारों, ग्वालियर शिफ्ट हो गये और एमएलबी कॉलेज से बीकॉम करने लगे। उस समय हमारे पास संपर्क करने के लिए कोई साधन नहीं था पर किसी किसी के घर में लैंडलाइन फ़ोन थे, किसी के परिवार में, तो, किसी के पड़ोसी के यहाँ, या किसी के पापा के ऑफ़िस में। जो भी हो, उसके नंबर हमारे पास थे, जिसके ज़रिये हम बात कर पाते या अपना संदेश भेज पाते और उनके पेरेंट्स से उनके बारे में जान सकते थे। इसके अलावा स्कूल के कुछ सीनियर थे जिनके पास उस क्षेत्र के रहने वाले लोग अक्सर मिला करते तो वहाँ मुलाक़ात हो जाया करती थी और उनसे जुड़े रहते थे। हम चारों लोग ग्वालियर में अलग-अलग जगह पर थे। मैं आमखो पहाड़िया पर

रहा करता था, कपिल नाका चंद्रवदनी, गली नंबर 4 में रहा करता था। नीरज हजीरा पर अपने किसी रिश्तेदार के यहाँ रहा करता था और तोमर मुरार बारादरी के पास कहीं रहा करता था। सब टैम्पू पकड़कर कॉलेज पहुँचा करते। जब भी समय मिलता, पुरानी यादें ताज़ा करते, और घूमते फिरते रहते।

ऐसे ही हमने पूरे तीन साल निकाल दिये। कुछ नया सीखने को नहीं मिला। पूरे तीन साल, मैं उसे भी, बिल्कुल वैसे ही याद करता रहा जैसे 12th में किया करता था।

कहते हैं समय सब घाव भर देता है पर मेरे साथ ऐसा बिल्कुल नहीं हुआ। मैं प्रतीक्षा को आज भी उतना ही याद किया करता था। जब भी मैं स्कूल जाता, हमेशा कई घण्टों उन यादों के साथ समय बिताकर आता। शायद मुझे ऐसा करना अच्छा लगता था।

2005 में मोबाइल सस्ते होने लगे थे। उसी समय एक कम्पनी ने, सबसे कम दाम में CDMA फ़ोन लॉन्च किया।

मैंने भी कुछ पैसे बचाकर वह फ़ोन ले लिया। सनी ने भी उसी समय में फ़ोन लिया था। अब हमारी फिर से बात होने लगी। धीरे-धीरे हम अपने पुराने फ्रेंड्स के साथ फिर से जुड़ने लगे। मैं ग्रेजुएशन करके एसएससी, बैंक, पटवारी टाइप के कॉम्पीटीशन की तैयारी करने लगा। उस समय बैंक में एक साथ बड़े पैमाने पर भर्तियाँ निकलने लगीं थीं। साथ ही, उनके एग्ज़ाम में भी पारदर्शिता आ चुकी थी। 2008 में SB I में क्लर्क के लगभग 20,000 पदों के लिए भर्ती हो रही थी। एग्ज़ाम में, मैंने भी भाग लिया।

उसी समय मुझे सनी से पता चला कि प्रतीक्षा के पापा ने भोपाल में ट्रांसफ़र ले लिया था और वो सब भोपाल में ही शिफ्ट हो चुके थे। साथ ही उसने मुझे प्रतीक्षा का नंबर भी दिया।

कुछ दिन बाद दीपावली पर मैंने उसे टेक्स्ट किया, "हैप्पी दीपावली! - पंकज" लिखकर।

उसने कॉल किया और दीपावली की शुभकामनाएँ देने के बाद पूछा, "मेरा नंबर कहाँ से मिला?"

मैंने सब बता दिया। धीरे-धीरे हमारी बात होने लगी। वो MPPSC की कोचिंग कर रही थी। उसके पापा चाहते थे कि वो बड़ी अधिकारी बने और उसकी शादी किसी अधिकारी से ही हो।

मेरा बैंक क्लर्क का एग्ज़ाम ग्वालियर में था। मैंने एग्ज़ाम दिया लेकिन मैं घर वालों को यह झूठ बोलकर कि मेरा एग्ज़ाम सेंटर भोपाल में आया है, एक दिन बाद भोपाल चला गया। वो MP नगर में कोचिंग जाती थी। कोचिंग के समय उसने मुझे बड़ी झील पर मिलने बुलाया।

मैं 5 साल बाद उसके सामने था। उसके आते ही मैं उसे फिर से देखने लगा। पहले से ज़्यादा खूबसूरत लग रही थी। चश्मा भी लगाया हुआ था। हम दोनों झील के किनारे घूम-घूम कर बात करते रहे। भोपाल के एक कॉलेज से उसने बीकॉम की थी। अपने पिछले 5 साल के बारे में हम दोनों शेयर करते रहे।

आखिर मैं एक बात पर अड़ा रहा, "तुम मुझसे प्यार करती हो या नहीं?"

“देखो, हमारी शादी नहीं हो सकती।”

“क्यों?”

“मेरे पापा चाहते हैं कि मेरी शादी किसी अधिकारी से हो।”

“तो मैं तुम्हारे लिए अधिकारी बन सकता हूँ।”

“यदि ऐसा हुआ तो शायद मैं सोच पाऊँ।”

“मैं तुम्हें बिल्कुल पसंद नहीं हूँ क्या?”

“नहीं, ऐसी बात नहीं है। मुझे तुम्हारी यही बात सबसे अच्छी लगी कि तुम इतना प्यार कैसे कर सकते हो? इतने वर्ष हो गये तुम्हें! अभी भी भूले नहीं?”

“मतलब, मैं अब भी अच्छा नहीं लगता। अब भी मेरी मेहनत और मेरी पोस्ट से ही फ़र्क पड़ता है।”

“नहीं, ऐसी बात नहीं है।”

उसके बाद हमने साथ खाना खाया और मैं रात में हबीबगंज से भोपाल एक्सप्रेस ट्रेन पकड़ कर ग्वालियर पहुँचा।

इस बार उसका मना करना मुझे ज़्यादा बुरा नहीं लगा। शायद वो लाइफ़ में प्रैक्टिकल थी। प्यार से जीवन नहीं काटा जा सकता।

पर बार-बार यह बात चुभ रही थी कि किसी से ज़्यादा उसके पद या उसके स्टेटस की कीमत है। शायद यह दुनिया की वास्तविकता थी जिसे मैं समझ नहीं रह था।

मैंने अगले दिन सनी को फ़ोन किया। सब बताया उसे।

“देख भाई! ये सच्चाई है। हर कोई नौकरी वाला लड़का ढूँढता है और दहेज भी ख़ुद बताकर आता है कि कितना देंगे क्योंकि वो भी जानते हैं हम इंसान को नहीं पद को खरीद रहे

हैं। और लड़के वाले भी यह जानते हैं कि किसी को मेरा बेटा पसंद नहीं बल्कि उसकी नौकरी और संपत्ति पसंद है इसलिए जैसा पैसा, वैसा ही रिश्ता ढूँढते हैं सभी। उसने भी तो यही बोला है, इसमें ग़लत क्या है? इसके अलावा हर किसी की अपनी इच्छा है। वो तुझे नहीं चाहती, तो हम ज़बरदस्ती तो नहीं मना सकते!"

इसके अलावा मुझे एक बात का और एहसास हुआ। जब मैं उसके साथ था, तब भी मुझे ऐसी ख़ुशी नहीं मिली जैसा मैंने इतने वर्षों से सोच रखा था, या जितनी ख़ुशी मुझे उसे याद करने में मिलती थी। मुझे लगा, इससे तो इसकी यादें अच्छी हैं जिन्हें कोई छीन भी नहीं सकता। तब से उसकी यादें ही मेरा अतीत हैं, वो नहीं। मुझे उस समय की किताब का एक उदाहरण याद आया कि एक कुत्ता किस तरह गाड़ियों को देखकर उनके पीछे दौड़ता है! यदि वो उन्हें पकड़ भी लेगा, तो क्या करेगा? शायद मेरा भी लक्ष्य ऐसा ही था। मैं ग़लत जगह प्रयास कर रहा था।

'उससे मिलकर यह समझ आया कि मुझे, उसमें दिलचस्पी थी भी नहीं', मुझे दिलचस्पी उस समय में थी जो मैंने उसकी यादों में गुज़ारा था। उससे ज़्यादा मुझे अपने अतीत में दिलचस्पी थी क्योंकि वहाँ, मैं उसे जब चाहे, अपने दिल में पा लेता था।

एक बात तय थी। मुझे ज़रूरत थी अपने आपको जानने की, ख़ुद के पीछे पड़ने की, ख़ुद से प्यार करने की और इसके बाद मैंने ऐसा ही किया। अतीत यादों में है और हमेशा रहेगा। अतीत अमर है पर ज़िंदगी वर्तमान में है।

*"नदी सी तेरी चाल, डैम सा मेरा हाल*
*तुझे चलना है, तो मुझे टूटना पड़ेगा!"*

उसके चार महीने बाद मेरा पटवारी में सलेक्शन हो गया था और उस दिन मेरे परिवार की सबसे बड़ी इच्छा पूरी हो रही थी। ऐसा लग रहा था जैसे IAS टॉप कर लिया हो और अब मैं पटवारी था। पर जीवन अब भी आसान नहीं होने वाला था।

पटवारी की ट्रेनिंग में एक साल तक वेतन नहीं दिया जाता था। एक साल बाद दूसरी परीक्षा पास करनी पड़ती थी, उसके बाद ही आपको पोस्टिंग दी जाती और वेतन शुरू होता। एक साल यूँ ही गुज़र गया। दूसरों की नज़र में नौकरी भी थी पर हाथ में कुछ नहीं था। पढ़ने का टाइम भी ज़्यादा नहीं मिल पाता था। मुझे अक्सर लगता यह मेरी मंज़िल नहीं हो सकती। मैं इसके लिए नहीं बना। अपने इंचार्ज से आगे पढ़ाई के लिए अनुमति माँगी तो जवाब मिला, "जितना पढ़ना था, पढ़ लिया। अब, यहाँ जो पढ़ाया जाये, वो ही पढ़ो। तुम्हारे जैसे सभी यही कहते हैं।"

"मैं तो घर वालों की ज़िद के कारण पटवारी बना हूँ, वर्ना मैं 1-2 साल में IAS निकाल लूँगा।"

"यह दिमाग से निकाल दो।"

पर उसकी एक बात हमेशा अच्छी लगती थी। वो कहता था, "जो जिस लायक होता है, वो उस जगह पहुँच ही जाता है। उसके लिए बहाना या तरीका कोई भी हो। और जिसको सफलता किस्मत से मिलती है, वो ज़िंदगी भर किस्मत

को ही कोसता रहता है और परिस्थितियों को ज़िम्मेदार मानता है।"

आखिर एक साल में ट्रेनिंग पूरी हुई। मुझे हल्का नंबर 17 का पटवारी बनाया गया। बड़ी मुश्किल से 4 महीने बाद पुराने पटवारी ने रिकॉर्ड और चार्ज सौंपा।

तहसीलदार साहब बहुत ईमानदार थे। मुझे इसलिए पता चला कि वो ईमानदारी की बातें किया करते थे। कुछ दिन बाद, उसी गाँव के एक व्यक्ति का फ़ौती नामांतरण का केस लेकर तहसील के बाबू को फ़ाइल देने लगा तो फ़ाइल पढ़कर वो बोला, "अरे तुम्हें पता नहीं है कि नामांतरण हो, सीमांकन हो, या बँटवारा हो, कोई भी फाइल साहब तब साइन करते हैं, जब उन्हें कुछ मिल जाता है।"

"अरे, क्यों हमें बेवकूफ बना रहे हो यार? वह सबसे ईमानदार आदमी हैं।" मैंने सुन रखा था कि बाबू बहुत बदमाश होते हैं।

मैंने बाबू से कहा, "उन्हें हर जगह देखा है, हर जगह वह अपनी ईमानदारी ही दिखाते हैं।"

"दिखाना अलग बात है, होना अलग बात है। दुनिया का नियम है, ख़ुद के खाने से पहले दूसरों को खिलाओगे तो खुश रहोगे।" बाबू ने कहा।

"खाने का क्या मतलब? मैंने कुछ नहीं खाया।"

"अपने को गाँव का मुखिया मानो। मुखिया का नियम है कि पहले सबको खिलाता है फिर ख़ुद खाता है। ऐसे मुखिया का सम्मान भी रहता है और इज़्ज़त भी बची रहती है। ख़ुद के खाने से पहले दूसरों को खिलाना सीखो। प्रकृति का यही नियम है।

दूसरों को खिलाओगे तो सुखी रहोगे। यह हमारी नौकरी है, दूसरों को खिलाना है, बाद में खाना है। जीवन में सबसे ज़्यादा सुखी रहने का यही सार है। सीख लो, बहुत कुछ सीखना है।

"और, नहीं सीखूँ तो?"

"नयी नौकरी है तुम्हारी, बहुत कुछ सीखना है अभी। हमें 27 साल हो गये इस कुर्सी पर। तुम्हारा जन्म भी नहीं हुआ होगा, तब से हैं यहाँ।"

इतना अच्छे से स्कूल में किसी टीचर ने भी नहीं समझाया होगा, जितने तरीके से वो समझाने की कोशिश कर रहा था।

बाबू आगे बोला, "नहीं मानोगे तो ऐसे पटवारी नहीं रह पाओगे। कहीं अटैच कर देंगे तुम्हें, क़ानूनगो शाखा, या रिकॉर्ड शाखा में, या शिकायत शाखा में। बस बाबू ही बन के रह जाओगे, काम करना पड़ेगा हमारे जैसा।"

"आप भी तो बाबू हो, क्या दिक्कत है? काम कर लेंगे।"

"अरे हम रीडर हैं, वो बाबू अलग होते हैं। अरे लाला जी, तुम कुछ समझाओ यार!" वो साथ खड़े हुए पटवारी से बोला।

उन्होंने कहा, "कोई नहीं, नये-नये है पटवारी बने हैं, सीख जाएँगे।"

उस फ़ाइल पर 2 महीने बाद भी हस्ताक्षर नहीं हुए थे। मुझे धीर-धीरे सिस्टम समझ में आने लगा पर मैं उससे पैसे लेने की कोशिश करता तो उसका चेहरा याद आ जाता। वो लकवे का मरीज़ था, चल फिर नहीं पाता था।

मैंने उसकी तरफ़ से जन-सुनवाई में आवेदन करवाया पर उसका कोई असर न हुआ। आखिर उसकी समस्या का हल एक ही था। मैंने पहली बार रिश्वत ली और 2 दिन में उसका नामांतरण हो गया।

मैं उस सिस्टम का हिस्सा बन चुका था पर बेचैन था। मैंने तहसीलदार साहब से आगे पढ़ाई के लिए अनुमति माँगी। उन्होंने फ़ाइल बनाकर SDM ऑफ़िस भेज दी जहाँ हमारी रिकॉर्ड की फ़ाइल रहती थी। इसके बाद मैंने MPPSC के एग्ज़ाम के लिए भी अनुमति माँगी। उसमें भी ऐसा ही हुआ। फ़ाइल आगे बढ़ा दी जाती। फिर उस फ़ाइल पर कई सर्प कुंडली मारकर बैठ जाते।

एक दिन मैं SDM साहब से भी मिला। उन्होंने कहा, "ऐसे हज़ारों आवेदन आते हैं। इसके लिए हमारे पास मैन-पॉवर नहीं है। शासन की तरफ़ से आधे पद रिक्त पड़े हैं, काम ज़्यादा है, कोई अनुमति नहीं मिल पायेगी।

ऐसा लग रहा था जैसे पूरा काम मैं ही कर रहा हूँ।

उसी ऑफ़िस में एक नायब-तहसीलदार आये थे। उन्होंने मुझे बताया, "इन सब चक्करों को छोड़ो। जो एग्ज़ाम देना है, वो दो। जो पढ़ना है, वो पढ़ो। डिग्री करनी है तो डिस्टेंस से करो। बस आपकी डिग्री इस डिपार्टमेंट में यूज़ नहीं होगी पर यहाँ किसी डिग्री की ज़रूरत भी नहीं होती। जो तुम देख रहे हो, इसी को नौकरशाही कहते हैं। इसका तोड़ है, भाड़ में जाने दो सब कुछ।"

"किसी ने शिकायत कर दी तो?"

उन्होंने कहा, "एक बात ध्यान रखना, यदि तुम्हारा उद्देश्य ग़लत नहीं है तो तुम्हारे साथ कभी ग़लत नहीं होगा।"

उस दिन मुझे एहसास हुआ कि जिसके पास जो है, वो उसी को बाँट सकता है। यदि किसी को कुछ देना चाहते हो, तो पहले, वो आप के पास होना चाहिए।

मुझे एहसास हुआ कि यही समय है आगे और काम करने का।

*"किस्सा ज्ञान से ज़्यादा अभिमान का है*
*उसका पैसा ईमान से ज़्यादा नाम का है।"*

लेकिन मैं अभी भी इस पद के तय मापदंड पर फिट नहीं बैठ पा रहा था। आखिर एक दिन मुझे इस आधार पर ससपेंड कर दिया गया कि मैं किसानों को दिये जाने वाले लाभ दिलाने में असफल रहा। यह सच भी था क्योंकि किसानों को मिलने वाले लोन को, मैं, सरकारी अनुदान बताकर झूठ नहीं कह पा रहा था। साथ ही, कुछ ऐसे भी किसान थे जो सूखा पड़ने पर, अपने उस क्षेत्र को भी सूखा-ग्रस्त बताना चाहते थे, जो नहीं था या कुछ ऐसे भी किसान थे जो सरकार की हर स्कीम का लाभ लेने के लिए, ग़लत कागज बनवाने की जुगाड़ में होते थे। चाहे वो BPL हो या कुछ और। धीरे-धीरे यह समझ में आने लगा था कि भ्रष्टाचार जनता की तरफ़ से भी हो सकता है और सिस्टम सिर्फ़ समाज का आईना है।

पर जो भी हो, मैं इससे फिट नहीं बैठ पाया। आखिर शिकायत हुई और ससपेंड कर दिया गया। साथ ही, SDM साहब की अनुशंसा पर जारी कलेक्टर साहब के पत्र में यह भी

लिखा था कि इस दौरान मुख्यालय ज़िला कार्यालय रहेगा जहाँ हर रोज़, मुझे यानि अधोहस्ताक्षरकर्ता को, भौतिक रूप से उपस्थित होकर हाज़िरी देनी होगी। इस पत्र की भाषा ने मुझे यह समझने में मदद की, कि अंग्रेज़ी की तरह हिंदी भी एक भाषा से निकल कर क्लास बन गयी है जिसका अधिकारी वर्ग अपने को विद्वान बताने में उपयोग करते हैं या अपने को आम आदमी से अलग दिखाने के लिए, या यूँ कहें कि अपनी कलम को अलग दिखाने के लिए, ऐसी भाषा लिखा करते हैं जिससे जनता समझ न सके क्योंकि जब समझ नहीं आयेगी तभी तो ये लोग विद्वान माने जाएँगे।

सस्पेंशन के दौरान, मैं स्वयं को उस जगह से निकालने की व्यवस्था देखने लगा। उसी दौरान, कलेक्टर महोदय का ट्रांसफ़र हो गया और जो नये कलेक्टर आने वाले थे, वो पूरे प्रदेश में सबसे ख़तरनाक अधिकारियों में जाने जाते थे। वो अधिकारी हमेशा अच्छा माना जाता है जो किसी चीज़ को बदलना न चाहे, जो जमे हुए सेट-अप में फिट बैठ जाये। यानि जो जैसा चल रहा है, वैसा चलता रहे पर जो सच में इन सबको बदलना चाहता है, उसे ख़तरनाक अधिकारी बनना ही पड़ता है।

कुछ निर्माण करने के लिए, कई वस्तुओं का आकार बदलना पड़ता है। तब जाकर एक रचनात्मक इमारत बनाई जा सकती है। वो कलेक्टर भी ऐसे ही थे, जिन्हें कुछ सबसे ईमानदार समझते तो कुछ अपरिपक्व या ज़मीनी स्तर से दूर समझते। मुझे भी उनमें उम्मीद की किरण दिखने लगी। मुझे लगा शायद मैं उन्हें अपनी स्थिति समझा पाऊँ।

पूरे ज़िले के कर्मचारियों के बीच हड़कंप का माहौल था और हो भी क्यों न, कलेक्टर बदल रहे थे। जब भी अधिकारी बदलते हैं तो कर्मचारियों में बेचैनी होना स्वाभाविक ही है पर इस बार यह आम बेचैनी नहीं थी। जो कलेक्टर आ रहे थे, उन्हें खूँखार कलेक्टर के नाम से जाना जाता था। जहाँ भी जाते थे, वहाँ सस्पेंड और बर्ख़ास्त करने की झड़ी लगा देते थे।

सभी अपने-अपने तरीके से उनकी व्याख्या कर रहे थे। स्टेनो कह रहा था, "हमें कोई फ़र्क नहीं पड़ता, कोई भी चला आये। बिना हमारी जानकारी के काम नहीं कर सकता। अच्छे-अच्छे कलेक्टर देख लिए।"

वहीं एक बाबू बता रहे थे, "मैंने भी 11 कलेक्टर देख लिए अपने जीवन में। सिर्फ़ 8-10 दिन अपना रोल दिखाते हैं, अपना रुतबा बताने के लिए। बाकी सब सेट हो जाता है और फिर सब लाइन पर आ जाते हैं।"

सभी SDM, तहसीलदार, डिप्टी कलेक्टर, सभी में हड़कंप था।

SDM साहब पटवारियों को समझा रहे थे, "यह कलेक्टर बहुत स्ट्रिक्ट हैं। उनके आने के चर्चे पहले ही फैल जाते हैं और पटवारियों को सबसे ज़्यादा टर्मिनेट करते हैं। किसी भी गाँव में फ़ौती नामांतरण का केस पेंडिंग नहीं रहना चाहिए।"

मैं कलेक्टर कार्यालय में स्थित क़ानूनगो शाखा में स्थायी काम करने लगा जहाँ कई बार कुछ मामलों में SDM साहब बुला लेते थे। एक दिन ऐसे ही, SDM साहब ने मुझे

बुलवाया और उसी समय सभी पटवारी ज़मीन पर फर्श बिछाकर बैठे हुए थे।

वहाँ की बातचीत सुनकर राधेश्याम पटवारी, जो सबसे उम्रदराज़ और अनुभवी थे, कहने लगे, “साहब हमने 18 कलेक्टर देख लिए। जो हम लिख देते हैं, उसे कोई नहीं काट सकता। यही असलियत है। कोई कलेक्टर आ जाये, किसी को जानकारी नहीं होती कि असल में ज़मीन पर क्या हो रहा है। बस हवा-हवाई बातें करते हैं। 18 में से सिर्फ़ दो ही कलेक्टर ऐसे थे जिन्हें पता था कि ज़मीन कैसे नापी जाती है वर्ना किसी को कुछ पता ही नहीं था।” यह सुनकर सभी हँसने लगे।

SDM बोला, “ज़मीन ही नापनी होती, तो पटवारी नहीं बन जाते? कलेक्टर क्यों बनते?” SDM ऐसा कहकर शायद अपनी असमर्थता जता रहे थे या यह बताना चाह रहे थे कि बड़े अधिकारियों का छोटे काम सीखना ज़रूरी नहीं होता।

अगले दिन नये कलेक्टर साहब ने जॉइन किया। पहले ही दिन सभी अधिकारियों की मीटिंग ली और उसमें दो डिप्टी कलेक्टर को बहुत ज़्यादा डाँटा। यह बात पूरे ज़िले में आग की तरह फैल गयी।

कोई कहता, “अरे डिप्टी कलेक्टर और SDM को भी नहीं छोड़ते वह तो हम किस खेत की मूली हैं! बच के रहना, कोई भी ग़लती हुई तुरंत उड़ा देंगे। सीधा टर्मिनेट ही करते हैं।”

तो कोई कहता, “अरे टर्मिनेट करना आसान नहीं होता। ससपेंड कर सकते हैं बस। फिर सब बहाल हो जाते हैं। हमने ऐसे कई देखे हैं।”

धीरे-धीरे बात फैलती जा रही थी।

कलेक्टर साहब के बारे में जो परिचय था, वह सही था। पहले दिन से ही उन्होंने यही करना शुरू किया। पहले दिन की जनसुनवाई में एक पटवारी को सस्पेंड कर दिया गया। अगले दिन स्कूल में छापा मारकर एक टीचर को सस्पेंड कर दिया गया। 3 आंगनबाड़ी सहायिकायों को हटा दिया गया। उनकी सबसे बड़ी विशेषता यही थी कि ऑन द स्पॉट फ़ैसला करते थे। किसी को वक्त नहीं देते थे ज़्यादा। सब लोग हाथ जोड़कर यही कहते रहते थे कि साहब हमारी भी तो सुन लो, आप एक तरफा फ़ैसला क्यों करते हैं! पर उन्हें इस बात पर हमेशा भरोसा था कि मेरे से ग़लती नहीं हो सकती। वह कहते थे, “जब सब दिखाई दे रहा हो तो फिर सुनने की ज़रूरत नहीं है। जो चीज़ दिखाई दे रही है, उसमें सुनने की गुंजाइश नहीं बचती।”

कुछ समय तक ऐसे ही चलता रहा। कई अधिकारियों ने ट्रांसफ़र ले लिया। क्षेत्र के विधायक, जो मंत्री भी थे, कई लोग उनके पास जाकर गुहार लगाते। मंत्री जी भी बस यही बोलते कि ट्रांसफ़र करवा देते हैं।

बरसात के मौसम में एक दिन उस ज़िले का एक पुल ढह गया जो कि छः महीने पहले ही बना था। उस पुल के ढहने से 6 लोग दब गये जिनकी मृत्यु हो गयी। यह मुद्दा बहुत बड़ा बना। आख़िरकार विधायिका, अपनी ज़िम्मेदारी और दायित्व का बोध कराते हुए, विपक्ष का मुँह बन्द करने के लिए और जनता का दिखाने के लिए, आनन-फ़ानन में हरकत में आई और अपने अधिकार का उपयोग करते हुए विधायिका ने तुरंत कलेक्टर को सस्पेंड कर दिया। कलेक्टर को सस्पेंड करना

इतना आसान नहीं होता। बड़े लेवल से परमिशन लेनी पड़ती है। कलेक्टर कोई पटवारी या टीचर नहीं है जिसे तुरंत सस्पेंड किए जा सके। कमिश्नर से होते हुए राज्यपाल तक परमीशन ली जाती है पर ऐसे मामलों में सब कुछ तुरंत हो जाता है। सरकार चाहे तो सब सभी फॉर्मेलिटी आसान है और यही हुआ कलेक्टर साहब को सस्पेंड कर दिया गया। पूरे प्रदेश में हल्ला मच गया। कलेक्टर को सस्पेंड कैसे किया जा सकता है, यह तो संभव ही नहीं है। कलेक्टर साहब कहते रह गये, "साहब मेरी सुनो तो सही! यह पुल मैंने नहीं बनाया था। मुझे नहीं पता था इसका उद्घाटन भी कब हुआ था! यह मेरे कार्यकाल से पहले का है।" उन्हें इस बात की शिकायत रही कि मुझे सुने बिना एक तरफ़ा कार्यवाही हुई।

पर शायद बुरा समय भी कुछ अच्छा सिखाने आता है। इस समय ने कलेक्टर साहब को बहुत संवेदनशील बना दिया। इसके बाद से उन्होंने बिना सभी पक्ष सुने, किसी पर कार्यवाही नहीं की। वह 15 दिन बाद ही वापस बहाल हो गये और उन्हें मंत्रालय में सचिव के पद पर नियुक्त कर दिया गया। जो अन्य पटवारी, शिक्षक, उस दौरान सस्पेंड किए गये थे, धीरे-धीरे सभी बहाल हो गये। कुछ 4 महीने बाद तो कुछ को 2 साल भी लगे। सबके दलाल और पैसे अलग-अलग थे इसलिए समय भी अलग-अलग लगा, पर, सबको बहाल कर दिया गया है, सिस्टम है!"

अब वो साहब हर जगह, कर्मचारी अधिकारों पर भी बढ़-चढ़कर बात रखते हैं। उन्होंने इस मुद्दे पर दो किताबें भी लिखी हैं। कई अवार्ड भी मिल चुके हैं।

उसी दौरान मैं भी बहाल हो गया। मुझे यह भी पता चल गया था कि पैसे देकर आप किसी दूसरे डिपार्टमेंट में भी अटैच हो सकते हो। मैंने इस जानकारी और स्त्रोत का पूरा फ़ायदा लिया और अपने को खाद्य विभाग में फ़ूड इंस्पेक्टर के अधीन लिपिकीय कार्य के लिए अटैच होने का आदेश करवा लिया।

यह कार्यालय मेरे लिए नया था। मैंने इसका नाम भी नहीं सुना था पर मेरे पास यही विकल्प था इसलिए चला गया।

मैं उनके कार्यालय के लिपिकीय कार्य करने लगा।

प्रफुल्ल, फ़ूड इंस्पेक्टर के पद पर लगभग एक वर्ष से नौकरी कर रहा था। पूरे ज़िले में सिर्फ़ 2 फ़ूड इंस्पेक्टर थे जिन्हें ज़िला मुख्यालय सहित सभी तहसीलों को देखना होता था। जॉइन करने के कुछ समय बाद उन्हें कुछ समस्याओं का सामना करना पड़ा क्योंकि जनता इस प्रकार के पद से परिचित नहीं थी। पिछले 22 साल से इस ज़िले में ऐसा कोई अधिकारी नहीं था।

यह समस्या उन्होंने अपर कलेक्टर (जो उनके रिपोर्टिंग अफँसर थे) को बतायी। अपर कलेक्टर महोदय उन्हें हमेशा खर्चे के टारगेट दिया करते थे। आज ही जब उन्होंने अपने बच्चे के लिए साईकल की डिमांड की, तब उन्हें यह समस्या बतानी पड़ी।

“अरे पहले क्यों नहीं बताया? कल से तुम्हारे साथ टीम में तहसीलदार भी जाया करेंगे। ज़रूरत पड़े तो 2 पुलिस वालों को भी ले सकते हो।”

अगले दिन से पूरे ज़िले में ताबड़तोड़ सैंपलिंग और छापा मारी शुरू कर दी गयी।

जिस तहसील में जाते, उस तहसील के तहसीलदार ख़ुद अपनी गाड़ी से ले जाते। साथ में उस थाने के पुलिस वाले भी साथ होते। कभी-कभी ख़ुद दारोगा साहब बैठ कर चल देते। यह सोचकर कि तहदीलदार साहब ख़ुद जा रहे हैं। बस सैम्पल लेने तक का उनका काम रहता, इसके बाद वो अपने ज़िला मुख्यालय पहुँच जाते। किसी से कोई रिश्वत नहीं लेते।

सभी तहसीलदार समझ गये कि यह कोई ईमानदार अफँसर हैं इसलिए ख़ुद भी किसी हिस्से की कल्पना नहीं करते और यह सोचकर कि ADM साहब का आर्डर है तो जाना तो है ही सो बस ख़बर आने पर चुपचाप साथ हो लेते।

धीरे-धीरे पूरे ज़िले में दोनों फ़ूड इंस्पेक्टर को पहचाना जाने लगा। हर रोज़ न्यूज़पेपर में ख़बर आती थी। जनता भी खुश थी कि हमारे ज़िले में अब मिलावट नहीं होती। दूध वालों तक को पकड़ा गया है। सब उन दोनों अधिकारियों की तारीफ़ करते थे कि जब से यह आये हैं, तब से सभी होटल वाले शुद्ध भोजन देते हैं।

धीरे-धीरे पूरे ज़िले के होटल, किराना, ढाबे, सभी से हिस्सा आने लगा।

अब छापे की ज़रूरत नहीं पड़ती थी। उनका एक ऑफ़िस था जहाँ पूरे दिन लोग आते। साथ ही जो सैंपल आते थे, उनको यदि एक बार लैब में भेज दिया तो फिर कलेक्टर भी कुछ नहीं कर सकता। फ़ूड इंस्पेक्टर को स्पेशल पॉवर है एक्ट में। हर कोई यही कोशिश करता कि सैंपल लैब तक न जा पाए और साहब के पास रहने तक ही मामला सुलझ जाये।

दूसरी बात, लैब भी 460 km दूर राजधानी मुख्यालय पर थी। जब तक वहाँ इतनी दूर कोई खाद्य सामग्री पहुँचेगी, तो उसमें कुछ न कुछ कमी तो आ ही जायेगी। ऐसे में भी बदनाम तो होटल वाला ही होगा! आख़िरकार सब ठीक चलता रहा।

त्योहारों के आस-पास, कभी-कभी, छापे मारे जाते। साथ में पत्रकार भी जाते थे। कुछ होटल मालिक अपने यहाँ छापा मारने का आमंत्रण भेजते थे ताकि पेपर में होटल का नाम और फ़ोटो छपे। फिर अगले दिन यह भी छापा जाता कि उनके यहाँ की सभी मिठाइयाँ सभी मापदंडों पर खरी उतरीं, कोई मिलावट नहीं थी।

यह प्रचार का ही एक भ्रष्टाचारी तरीका था।

ज़िला मुख्यालय पर दो-तीन ऐसे होटल या रेस्टोरेंट थे जहाँ उन्हें जाने की मनाही थी। मतलब छापा मारने की मनाही। स्पष्ट इंस्ट्रक्शन पहले ही बड़े अधिकारियों से मिले हुए थे। वो होटल व्यापारियों के नहीं थे। व्यापारी तो हमेशा रिश्वत देना चाहते हैं, उन्हें कभी विवादों में पड़ना ठीक नहीं लगता। यह होटल या तो किसी मंत्री के थे या किसी बड़े वर्तमान अधिकारी के। सिर्फ़ वर्तमान क्योंकि रिटायर होने के बाद कोई नहीं सुनता। रिटायर्ड IAS भी पेंशन के लिए रिश्वत देते देखे जा सकते हैं। यह सब सिर्फ़ कुर्सी का खेल है, व्यक्ति का नहीं। या तो फिर किसी बाहुबली का होटल हो, पर बाहुबली प्रशासन से बड़ा तो कोई नहीं होता न!

तो ऐसे तीन होटल थे जहाँ वो कभी नहीं जाते। बड़ी-बड़ी पार्टियाँ उन होटलों में होती थीं। सरकारी बुकिंग भी उन्हीं को मिलती थी।

एक दिन प्रफुल्ल का ज़मीर जाग गया। होटल का मैनेजर कह रहा था, “SDM भी यहाँ चूँ नहीं करते, तुम किस खेत की मूली हो?”

प्रफुल्ल का दिमाग खराब हो गया। उसने सोचा कि आज तो दिखा ही देते हैं इनको औकात! प्रफुल्ल ज़ोर से बोला, “सैंपल लो इसका। पनीर और मीट एक ही फ्रीज़र में रखे हैं जिसमें मीट पनीर में गिर रहा है।” आखिर सैंपल लेकर वो चले गये।

उन्हें पता था कोई फ़ोन करेगा ही इसलिए फ़ोन बंद कर लिया। सीधे ऑफ़िस पहुँचे और लिखा पढ़ी कर मेल भेजा और कहीं जाकर छुप गये।

मन ही मन सोच रहे थे कि आज देखते हैं सालों की कितनी औकात है!

थोड़ी देर में ADM साहब ने फ़ोन लगाया। फ़ोन बंद था। होटल एक बड़े अधिकारी के दामाद का था जिसे अधिकारी महोदय ने दहेज में दिया था।

और ये अधिकारी महोदय ख़ुद भी एक पूर्व मंत्री के दामाद थे। थोड़ी देर में राजधानी से फ़ोन आने लगे। कलेक्टर पर दबाव बना और आनन-फ़ानन में उनकी खोज की गयी पर वो कहीं नहीं मिले। आखिर कलेक्टर ने SP साहब से कहा कि उन्हें ढूँढ कर उठा कर लाओ मेरे बंगले पर।

इसे संयोग कहें या मेरी ख़ुशकिस्मती, दोनों अपने फ़ोन बन्द कर मेरे घर आये जहाँ से हमने सभी कार्यवाही की।

बस फिर क्या था? पुलिस यदि ठान ले तो उसकी मर्ज़ी के बिना कोई उसके घर में कैसे रह सकता है? 45 मिनट में दोनों को खोज कर और 2 थप्पड़ रसीद कर लाना पड़ा।

"क्या बदतमीज़ी है? तुमसे बड़े अधिकारी हैं हम!" प्रफुल्ल बोला।

"कोई बात नहीं, बने रहो अधिकारी। वैसे, साहब ने कहा है कि सालों को पकड़ कर लाओ।"

उन्हें समझ में आ गया। आज ग़लती हो गयी। बड़ों की बात न मानने का नतीजा मिल गया। पर प्रफुल्ल अभी भी अपने नियम जानता था। कलेक्टर साहब के सामने पेशी हुई। ADM और SP भी बैठे थे। पूछा गया कि कहाँ थे दोनों?

"सर, दोस्त के घर पर खाना खा रहे थे।"

"फ़ोन क्यों बन्द था?"

"हमें लगा होटल वाला धमकी देगा या किसी से फ़ोन करवाएगा, इसलिए बन्द कर लिया। ADM साहब ख़ुद कहते हैं कि कोई परेशान करे तो फ़ोन बंद कर लिया करो।"

"उसका सैंपल क्यों लिया?

"पनीर में मीट मिल रहा था।"

"उन्हें समझा दो और उस सैंपल को कैंसिल कर दो। उनसे किसी और नियम के तहत जुर्माना भरवा के मामला ख़त्म करो।"

"वो सैंपल तो हम भेज चुके। मेल भी कर दी गयी है।"

"अब क्या होगा?"

प्रफुल्ल बोला, "साहब, अब तो आप ही लिख कर उसे कैंसिल कर सकते हैं।"

कलेक्टर साहब को सभी नियमों की जानकारी थी। कभी भी कोई अधिकारी अपने कर्मचारियों के द्वारा लिखी गयी नोटशीट या भाषा को बदल नहीं सकता बशर्ते वो ग़लत न हो और यह तो सही था। बड़े अधिकारी सिर्फ़ हस्ताक्षर ही कर सकते हैं। निर्णय तो नीचे से ही लिए जाते हैं। आखिर एक्ट में फ़ूड इंस्पेक्टर को ही पॉवर हैं।

पर वो भी ठहरे कलेक्टर! तुरंत बोले, "मुझे नहीं पता कैसे करना है! वो तुम जानो, ये मामला यहीं सुलझ जाना चाहिए नहीं तो आज यह तुम्हारी नौकरी का आखिरी दिन है।"

"लेकिन सर हमने क्या किया है?" प्रफुल्ल बोल बैठा।

"वो तो हम करवा लेंगे।" SP साहिब बोले।

"सर हम सैंपल को नेगेटिव करवा देंगे।" प्रफुल्ल बोला।

"क्या मतलब?"

"मतलब सैंपल में कोई कमी नहीं आयेगी।"

"सैंपल तो जा चुके न? फिर कैसे?"

"वो लैब भी तो हमारे डिपार्टमेंट की है। उसमें भी हमारे ही लोग काम करते हैं।"

"ठीक है, जाओ। आगे से ध्यान रखना।"

"जी सर।"

इस घटना के एक महीने बाद, उन दोनों का घर से 500 किलोमीटर दूर, ऐसी जगह ट्रांसफ़र हुआ जहाँ बस अपने दिन काट रहे हैं। साथ ही अब सीख गये हैं कि बड़ों को ज्ञान नहीं बाँटा जाता, बल्कि उनसे ज्ञान लिया जाता है।

मुझे भी समझ आ गया कि यहाँ से भागने में ही भलाई है। किसी दिन हम भी नापे जा सकते हैं। मेरा भी कुछ समय बाद दूसरी जगह सलेक्शन हो गया था।

## 5.

*"यह सच है, नहीं था तेरे हिसाब का*
*पर यह भी है, था सिर्फ़ तेरे आब का*
*तू मिटाती या तू बनाती, तेरे हाथ था*
*पर तूने छोड़ दिया, बना के बाज़ार का।"*

उसके बाद मेरा सलेक्शन, सेंट्रल गवर्नमेंट के ही एक डिपार्टमेंट में एसएससी के ज़रिये स्टैटिकल इन्वेस्टिगेटर के पद पर हो गया। मुझे लगता था कि शायद मैं इन सब समस्याओं से बच जाऊँगा। मैं अपने-आप से जिन समस्याओं को लेकर परेशान रहता था वो सब समस्याएँ बाहर के माहौल के कारण थीं। हमेशा लगता था कि एक दिन यह माहौल बदल जायेगा तो समस्याएँ ख़त्म हो जाएँगीं। इस माहौल को बदलने की ज़रूरत है, बस यही सोच कर मैं दूसरी जॉब में पहुँचा था। साथ में यह भी एक कारण था कि सेंट्रल गवर्नमेंट में सुविधाएँ ज़्यादा बेहतर होती हैं। ग्रेड-पे मतलब वेतन भी ज़्यादा था। मुझे लगा कि अब सभी समस्याएँ ख़त्म हो जाएँगीं। अब मैं एक बेहतर ज़िंदगी शुरु कर पाऊँगा। जहाँ न दौड़ भाग होगी न ही रिश्वत का चक्रव्यूह होगा। आखिर मैंने जॉइन किया और अपने नये विभाग के नये माहौल में ढलने लगा। वहाँ, मेरे, लगभग तीन महीने अच्छे से गुज़रे जहाँ मैं ट्रेनिंग में बिज़ी रहा और जो भी कुछ कार्य होते थे, उनको सीखता रहा।

केंद्र सरकार के ही एक मंत्रालय के अधीन हमारा विभाग था जिसे नेशनल सैंपल सर्वे के नाम से जाना जाता है।

इसमें कई प्रकार के सामाजिक, आर्थिक या जनसँख्या से संबंधित सर्वे करने होते थे। यह सैंपल सर्वे लिए जाते थे अलग-अलग टॉपिक पर अलग-अलग जानकारी जुटाने के उद्देश्य से जिससे सरकार की नीतियों को बनाने में मदद मिल सके। सरकार पूरे देश भर से इस प्रकार के सर्वे आयोजित कराती थी और हमें वह सर्वे करने होते थे। उसके लिए पहले से तय मापदंड के अनुसार एक ज़िला, उसके अंतर्गत एक गाँव हमें एलॉट किया जाता था और उसमें भी नक्शे के आधार पर हमें घर आवंटित किए जाते थे कि किस घर से आपको सर्वे करके लाना था। हमारे अधिकारी कहा करते थे कि जैसे चावल पक गया या नहीं, उसे चेक करने के लिए, चावल के कुछ दानों को बर्तन में से निकालकर चेक करते हैं और उससे यह अंदाज़ लगाया जाता है कि सभी चावल पक गये या नहीं! बिल्कुल वैसे ही हमारे सर्वे यह बताते हैं कि देश में किस चीज़ की क्या स्थिति है और उसके आधार पर सरकार नियम और नीतियाँ बनाती है।

इस प्रकार के सर्वे में चुनिंदा घरों को एक विशेष नियम या फार्मूला के तहत सलेक्ट किया जाता है। इसे अपने मन से नहीं कर सकते थे ताकि सर्वे पूरी तरह वैज्ञानिक तरीके से हो। इन घरों की लिस्ट पहले से तय होकर हमें दे दी जाती थी। कोई जानकारी देने से मना करते तो उसके लिए अलग-अलग तरीके अपनाकर, प्यार और सहमति से जानकारी हासिल की जाती थी। यदि नहीं कर पाते तो अयोग्य माना जाता था। जो हमारे कॅरियर को ग़लत दिशा दे सकता था।

यह सच है कि आप जिस चीज़ का पीछा छोड़ना चाहो, वह आपके पीछे लगी ही रहती है। कोई भी समस्या हो, या कोई भी कार्य हो, जिस से बचना चाह रहे हों, वह चीज़ आपका पीछा नहीं छोड़ेगी। आपके साथ भविष्य में क्या होने वाला है, यह आपको नहीं पता पर समय इन सब बातों से परिचित है, इसीलिए हमेशा समय आपके सामने नये-नये नाटक या घटनाएँ बनाता है ताकि आप अपना निर्णय बदल सकें।

मेरे साथ भी कुछ ऐसा हुआ। पहली बार मुझे एक सर्वे अलॉट किया गया जिसमें NSSO द्वारा एक सर्वे कराया जा रहा था। उसमें घरों के अंदर कमरों में कितने औसतन दरवाज़े और खिड़कियाँ होती हैं और उनमें भी किस प्रकार के कमरों में कितनी जगह खुली रखी जाती है; पता करना था। इसी सर्वे में मुझे एक जगह एलॉट की गई। सर्वे के लिए दो साथी थे। उस लिस्ट में एक घर जिसमें सर्वे किया जाना था, वो एक बाहुबली का घर था जो पूर्व विधायक भी रह चुके थे। हम उनके घर पहुँचे और वहाँ जाकर हमने कुछ प्रश्न पूछे जो दिये गये प्रारूप में थे, जैसे आपके घर में कितने कमरे हैं, सोने वाले कमरे में कितने दरवाज़े हैं, स्टोर में कितने दरवाज़े हैं आदि। उन्होंने आपस में पूछकर जवाब देने की बात कही। थोड़ी देर में अंदर से किसी ने कहा आप ख़ुद ही बैठक में देख लीजिए, वैसे ही सभी कमरे हैं। उन्होंने हमें अंदर बुलाया और एक कमरे में जैसे ही हम अंदर पहुँचे, बाहर से कमरा लॉक कर दिया। थोड़ी देर बाद हमें खिड़की से दिखाई दिया कि चार-पाँच बंदूक वाले आ रहे हैं। उन्होंने कहा कि चोर आये हैं। चोरी की प्लानिंग कर रहे थे, तभी पकड़े गये। किसी ने कहा बबली विधायक के आदमी हैं,

मार के फेंक दो। तभी एक सज्जन ने कहा, "नहीं पीटो मत, पुलिस के हवाले कर दो।"

फिर पुलिस आई और हमने पुलिस को हाथ जोड़कर बताया, "हम लोग चोर नहीं है।"

अपना आई कार्ड दिखाया पर उन्हें यकीन नहीं हुआ। उन्होंने कलेक्ट्रेट में फ़ोन लगाया और वहाँ से पूरी जानकारी हासिल की। वेरीफाई करने के बाद हमें छोड़ा गया। उस घटना से मुझे लगा कि यार इससे तो पहले ही अच्छे थे। दुनिया झुक कर सलाम करती थी, पैसे भी देते थे। यह यो ग़लत जगह फँस गये।

उसी समय सोच लिया कि यह सर्वे-फ़र्वे अब नहीं करना। बस इस जॉब को छोड़ना है, कुछ और कर लेंगे।

मेरे पास पिछले कुछ वर्षों की नौकरी में इतना पैसा जमा हो चुका था कि मैं एक या 2 वर्ष का खर्चा घर बैठे या पढ़ाई करते हुए निकाल सकता था। उस समय मध्यप्रदेश से कई लोग IAS और आईपीएस भी बनने लगे थे। मुझे लगा यार मैं भी IAS या आईपीएस बनूँगा। बड़ी नौकरी में बड़े मज़े हैं। सिर्फ़ ऑर्डर देना है। गाड़ी, बंगला, रूतबा, सब है।

लगभग 7 दिन मैं सोचता रहा, मैंने अपने ऑफ़िस में अपने सर से भी बात की, अपने साथियों से बात की और अपने मित्र सनी से भी। सबने यही कहा कि तेरी ज़िंदगी है जो भी निर्णय हो तेरा होगा, हमारे कहने से कुछ नहीं होता, जो तुझे अच्छा लगे तो वही कर, और हमें तुझ पर भरोसा है सनी ने समझाया कि जॉब मत छोड़ना।

मैंने तय कर लिया कि अब तो IAS ही बनना है और फिर यदि ऐसी ही जॉब करनी है तो इसे तो बाद में भी पाया जा सकता है। यही सोचकर मैं तैयारी की प्लानिंग करने लगा। इस सबके बाद भी यह एक बड़ी समस्या थी कि IAS की तैयारी क्या है? नाम तो सुना था लेकिन IAS और आईपीएस की तैयारी कैसे होती है, यह नहीं पता था। मुझे तो ये भी नहीं पता था कि इन एग्ज़ाम्स की तैयारी के लिए कहाँ जाना होगा या कितना खर्चा आयेगा!

मुझे समझ नहीं आया कि क्या करना चाहिए। कुछ देर सोचकर मैंने सनी को कॉल किया और बहुत देर तक उससे बात की। उसने मुझे हमारे ही स्कूल के एक सीनियर से मिलने को कहा जो पेशे से एम्स दिल्ली में डॉक्टर थे और ख़ुद भी IAS बनना चाहते थे। कभी-कभी जब वो अपने घर आते थे, तब हम उनसे मिलते थे। वो अक्सर हमारी हेल्प करते थे।

मुझे सनी का यह आईडिया सही लगा। मैंने अगले ही दिन उन्हें फ़ोन किया।

"भाईसाहब नमस्कार!"

"हाँ भाई, क्या हाल हैं?"

"भाईसाहब मुझे दिल्ली आना है।"

"आजा, कभी भी घूम जा।"

"घूमने नहीं, मुझे IAS की तैयारी करनी है जो दिल्ली से ही होती है, ऐसा मैंने सुना है।"

"केवल दिल्ली से ही होती है, ऐसा तो नहीं है पर हाँ यहाँ से होती ज़रूर है। अच्छा एक काम कर, तू दिल्ली आ फिर मिलकर बात करते हैं।"

"मैं जल्दी ही आ रहा हूँ।"

"ठीक है, किसी के साथ आना। यह बहुत बड़ी सिटी है। तू पहले कहीं ऐसी जगह गया भी नहीं है।"

"तो क्या हुआ भाईसाहब? मैं तो आ जाऊँगा। कोई बच्चा थोड़े ही हूँ!"

उन्होंने हँसते हुए मुझे अपना पता लिखवाया और किस स्टेशन से कैसे आना है, सब बताया।

भोपाल से आने वाली हबीबगंज एक्सप्रेस के जनरल डिब्बे में बैठकर, एक दिन बाद, सुबह 6 बजे मैं दिल्ली जा पहुँचा। मैं पहली बार दिल्ली जैसे किसी शहर में आया था। भाईसाहब या डॉक्टर रूपेश के घर, मुखर्जी नगर में पहुँचना था। निज़ामुद्दीन रेलवे स्टेशन से उतरकर, किसी से पूछता हुआ सराय काले खाँ की तरफ़ से रिंग रोड पर खड़ा हो गया। बहुत से रास्ते दिखाई दे रहे थे।

'तीव्र मुद्रिका बस मिलती है जो किंग्सवे कैम्प तक छोड़ेगी।' ऐसा ही मुझे बताया था। पूछ कर बस पकड़ ली और किंग्सवे कैम्प पर उतर गया। वहाँ से ऑटो मिलता है जो 5 रुपये में मुखर्जी नगर, बत्रा सिनेमा पर पहुँचाता है। बिना किसी परिचित की मदद के, स्टेशन से पूछता हुआ मैं बत्रा पहुँचा और वहाँ से उनको फ़ोन किया। मैं चाहता तो पहले फ़ोन कर सकता था पर ये बताना चाहता था कि दिल्ली है तो क्या हुआ, मैं कहीं भी जा सकता हूँ। वहाँ पहुँचकर जैसे ही फ़ोन किया तो उन्होंने फ़ोन नहीं रिसीव किया। लगातार 7 बार लगाने के बाद मुझे लगा ज़रूर कहीं बिज़ी होंगे, बाद में अपने आप कॉल कर लेंगे। मेरे पास कोई और ठिकाना न था तो बत्रा के अंदर चबूतरे पर

बैठा रहा। मन में कई सवाल और उनके जवाब आते रहे पर मैंने इंतज़ार करना ही मुनासिब समझा। मेरे पास कोई और विकल्प भी नहीं था।

जब ज़्यादा विकल्प नहीं होते तो ज़िंदगी के बड़े-बड़े निर्णय बिना किसी टेंशन के कर लिए जाते हैं। ठीक 3 घण्टे बाद उनका फ़ोन आया, "क्या बात है भाई? इतने फ़ोन क्यों कर दिये? सब ठीक तो है?"

"भाईसाहब कहाँ हो?"

"मैं यहीं हूँ, हॉस्पिटल में।"

"हम दिल्ली आ गये और मुखर्जी नगर में बत्रा पर खड़े हैं।" बड़ी उम्मीद के साथ मैं कहने लगा।

"बताया क्यों नहीं पहले?" उन्होंने कहा।

"आप कह रहे थे कि दिल्ली बहुत बड़ा शहर है, इसमें तुम्हारे ज़िले के बराबर हज़ारों शहर बसते हैं, तुम भूल जाओगे। तो मैंने सोचा आपको बता दूँ कि हम इतने भोले नहीं हैं और जब IAS बनने का सोच सकते हैं तो यह कौनसी बड़ी बात है?"

"आज केस के डॉक्युमेंट्स नहीं मिल रहे थे, उसमें उलझा था। एक घण्टे में पहुँचता हूँ।" उन्होंने कहा।

"ठीक है।"

"तब तक मैं एड्रैस भेज रहा हूँ, वहाँ पहुँच जा। मेरे पास में जो रहते हैं, उनको फ़ोन कर देता हूँ, मेरे आने तक वहाँ रुकना।"

"ठीक है भाईसाहब।"

Dr. रूपेश एक प्रसिद्ध न्यूरोसर्जन थे। वे वर्तमान में दिल्ली के सबसे बड़े शासकीय अस्पताल में सेवाएं दे रहे थे।

MBBS करने के बाद उनका मन IAS बनने का था। इसके लिए उन्होंने प्रॉपर मुखर्जी नगर में रहकर तैयारी की थी।

पर 2 अटेम्प्ट में ओवर-ऐज हो गये लेकिन मुखर्जी नगर अब भी नहीं छोड़ा। उन्हें लगता था कि यहाँ की बात ही कुछ और है। यहाँ ज़र्रे- ज़र्रे में ज्ञान है। ऐसे ही थोड़े न लाखों लोग हर साल यहाँ आते हैं। आईएएस बनाने की फैक्ट्री है यह। यहीं से उन्होंने अपनी सर्जन की डिग्री कंपलीट की।

"अरे भाईसाहब, आप तो डॉक्टर हो! फिर कैसे कागज़ ढूँढने में लगे हो?"

"काहे के डॉक्टर? सरकार ने डाकिया बना कर रखा है।"

"कैसा डाकिया?"

"अरे बस दिन भर जन्म प्रमाण पत्र, मृत्यू प्रमाण पत्र पर साइन करते रहो! जब से डॉक्टर को रजिस्ट्रार घोषित किया है, तब से डॉक्टर इसी में लगे रहते हैं और ऑफ़िस में इतनी फ़ाइलें होती हैं कि पूछो मत। कहीं RTI, कहीं विधानसभा, कही डिपार्टमेंट की जानकारी, वाइटल जानकारी अलग भेजो।"

"ये तो बहुत अच्छी बात है, इस काम को और कौन करेगा?"

"अरे बाबू बनने के लिए न्यूरोसर्जन बने थे क्या? यह काम तो एक मैनेजर भर्ती करके भी करवा सकते हैं। सरकार 1.50 लाख क्या इसके लिए दे रही है? कभी-कभी लगता है कि डॉक्टर इसके लिए बने थे क्या!"

"हमने तो सुना है कि IAS अफसर भी सचिवालय में यही काम करते हैं।"

"IAS तो होते ही बड़े बाबू हैं। उनका काम ही यही है। कोई डॉक्टर थोड़े ही हैं वो! चल ठीक है, मैं पहुँचता हूँ, तब तक आराम कर।"

उनके आने के बाद उन्होंने बाहर से कुछ खाना मंगवाया था। सब ने खाना खाया। नहाकर मैं सो गया। शाम को लगभग 6:00 बजे बोले, "चल घुमा के लाता हूँ।" और वह मुखर्जी नगर में मुझे घुमाने ले गये। चारों तरफ़ देख कर लग रहा था कि जैसे सच में आईएस बनाने की फैक्ट्री हो। हमने बत्रा के अंदर एक जगह बैठकर चाय पी जहाँ मैंने उन्हें अपनी पूरी बातें बतायीं। मैंने अपनी हर वह समस्या जिससे मैं गुज़रा था, हर वह चीज़ जो मेरे दिमाग में चलती थी, सब कुछ बताया।

उसके बाद उन्होंने कहा, "मैं भी जब MBBS कंप्लीट कर चुका था, तब ऐसे ही दौर से गुज़र रहा था। तुझे देख कर मुझे हमेशा से अपना वह समय याद आता है, जो मैं गुज़ार चुका हूँ। मुझे MBBS करके लगता था कि सब समस्याएँ ख़त्म हो जाएँगी, मैं डॉक्टर बन जाऊँगा लेकिन जब मेरी पोस्टिंग हुई तो पता चला तहसील स्तर पर छोटी सी जगह है जहाँ लाइट तक 4 घंटे से ज़्यादा नहीं आती थी। वहाँ पोस्टिंग कर दी और उसमें भी डॉक्टर कम बाबू का काम ज़्यादा करना पड़ता था। सिर्फ़ 28 दिन के बाद नौकरी छोड़कर मैं एमडी करने निकला। एमडी भी कर ली। फिर भी मुझे लगा एमडी के बाद भी कोई बड़ी इज़्ज़त नहीं है। आखिर में, मैं न्यूरोलॉजी में आगे बढ़ा और उसके बाद भी समस्या ख़त्म नहीं हुई। समस्याएँ जैसी थीं, वैसी ही थीं, बस पात्र और घटनाएँ बदल रही थीं। तब मुझे एहसास हुआ कि यह जो समस्याएँ हैं, इनका बाहर से कोई लेना देना

नहीं है। इनके लिए बाहर के जो भी फैक्टर हैं, चाहे वो नौकरी हो, प्यार हो, पैसा हो, सफलता हो या असफलता हो, इन सबसे हमारी समस्याओं का ज़्यादा लेना-देना नहीं है। और न ही ज़िंदगी में कभी ऐसा कोई समय आने वाला है जैसा हम सोच रहे हैं कि सब कुछ ठीक हो जायेगा।

ज़िंदगी बिल्कुल एक प्याज़ की तरह है। अगर हम यह जानना चाहें कि प्याज़ क्या है और उसको जानने के लिए हम उसको छीलते चले जाएँ तो अंत में प्याज़ ख़त्म हो जायेगा और तब हमें एहसास होगा कि जिसे हम छिलका समझ कर हटा रहे थे, वही तो प्याज़ था!

ऐसे ही, ज़िंदगी वही है जो हम जी रहे हैं। वो नहीं जो आने वाली है या जो हम जी चुके हैं। जो भी हम कर रहे हैं, इसी को एन्जॉय करना सीखना होगा और इसके लिए हमें सिर्फ़ और सिर्फ़ अपने एटीट्यूड को चेंज करना है किसी और चीज़ को नहीं।

"जॉब को भी नहीं?" मैंने पूछा।

"नहीं, मेरा मतलब यह बिल्कुल नहीं है कि तुम जॉब चेंज न करो। आगे बढ़ने के लिए प्रयास हमेशा करते रहो लेकिन जो है उसको एन्जॉय करना सीखो। जहाँ हो, आप वहाँ अपने-आप को सबसे खुशनसीब मानो और आगे बढ़ते रहो। यही वास्तविकता है। यही ज़िंदगी है। तुम IAS की तैयारी करना चाहते हो, बिल्कुल करो। लेकिन इसका मतलब यह नहीं हुआ कि तुम जहाँ हो वहाँ अच्छा नहीं कर सकते या इसका मतलब यह भी नहीं है कि तुम्हें जॉब छोड़ने की ज़रूरत है। अपने-आप को आगे आगे बढ़ाओ। यह निर्णय भावनाओं में आकर नहीं लेना

चाहिए। ऐसा नहीं कि तुम्हें किसी ने एक दिन परेशान कर लिया तो तुम्हें लगा मैं जॉब बदल दूँ। ऐसा नहीं होता इसलिए जॉब कंटिन्यू रखो। तैयारी शुरू कर दो। जहाँ हो, वहीं कोचिंग लो। एक बार प्री निकल जाये तो दिल्ली आना। पहले अपने को दिल्ली के लायक बनाओ।

अधिकांश लोग अपने वर्तमान को लेकर दुःखी रहते हैं। कोई जॉब से, कोई परिवार से, कोई साधन से कोई साधना से, कोई समस्या से कोई समाधान से तो कोई ख़ुद से! हमेशा यही लगता है कि कुछ बेहतर होता तो अच्छा होता और उस बेहतर के चक्कर में अपने पास जो है, वह उसको भी एन्जॉय नहीं कर पाते। हर किसी की यह समस्या है। तुम्हें इससे ऊपर उठना होगा। कई IAS, आईपीएस ऑफ़िसर से मिला हूँ मैं जो अपने काम से दुःखी हैं। टीचर का अपना रोना है, पुलिस का अपना, डॉक्टर के अपने दुख हैं तो कलाकार के अपने। जिसको जैसा चाहिए, वैसा किसी के पास नहीं होता।

इसलिए पहले अपनी जॉब कंटिन्यू रखो। अगली बार यूँ बिना बताए नहीं आना। छुट्टी के तालमेल के साथ, अपनी तैयारी शुरू कर दो। अपने आपको सिस्टम में फिट करो और आगे बढ़ो। अपने-आप से लड़कर आगे नहीं बढ़ना। अपने-आप को यानि ख़ुद को साथ लेकर आगे बढ़ना।"

उनकी इन सब बातों ने मुझे बहुत कुछ सोचने पर मजबूर कर दिया। मैं 2 दिन वहीं रहा। घूमता रहा और सोचता रहा फिर मैंने कहा ठीक है मैं वापस जा रहा हूँ। उन्होंने मेरा अगले दिन का टिकट कराया और वापस मुझे ग्वालियर भेज दिया।

## मार्च 2020

इंस्पेक्टर मोनेन्द्र सिंह और सब इंस्पेक्टर नेहा रावत ख़ामोश थे।

मैंने कहीं सुना था, 'कहानी वही अच्छी नहीं होती जो ताली बजाने पर मजबूर करे, कहानी वो ज़्यादा अच्छी होती है जो ख़ामोश कर दे।'

यह कहानी नहीं हक़ीक़त है।

उसी दौरान मध्यप्रदेश में राजनीतिक हलचल बढ़ गई थी। इन दोनों को भी तुरंत दिल्ली से वापस आने की ख़बर मुख्यालय द्वारा भेजी गयी। कहा जा रहा था कि मध्यप्रदेश में सरकार बदलने के लिए प्रयास चल रहे थे और इसको लेकर सरकारी महकमे में काफ़ी खींचतान का माहौल था। उसी दौरान दिल्ली में एक नयी बीमारी फैलने की ख़बर आ रही थी। बताया जा रहा था कि यह बीमारी विदेश से आ रही थी जो चीन से पूरे विश्व में फैल चुकी थी। इसे कोविड-19 के नाम से जाना गया। सरकार और देश का माहौल बदल रहा था। उसी दौर में दोनों को वापस जाना पड़ा। मार्च में लॉकडाउन लग गया और फिर वो दोनों वापस नहीं आये।

उसके बाद लॉकडाउन खोले जाने के बाद अक्टूबर में, मुझे एक कोरियर मिला। मैंने उसे खोल कर देखा। सब-इंस्पेक्टर नेहा रावत की तरफ़ से भेजा गया था। उसमें लिखा हुआ था कि सर को 56(J) के अंतर्गत कंपलसरी रिटायरमेंट दे दिया गया है और आपके उस केस में किसी को भी दिलचस्पी नहीं रही। वह व्यक्तिगत इंटरेस्ट की वजह से उसमें आगे बढ़ रहे

थे इसलिए आपकी वह इंक्वायरी हमारे द्वारा की गई थी। उस इन्क्वाइरी से सम्बंधित जो डॉक्यूमेन्ट्स मैंने तैयार किये थे, वो सभी आपको वापस भेज रही हूँ, वह हमारे किसी काम के नहीं है। शायद आपके कोई काम आ जाए। इनमें आपके अब तक आपके दिये गये सभी बयान लिखे हुए हैं पर यह सब स्टेनो में लिखे हैं इसलिए आपको स्टेनो सीखनी पड़ेगी, शायद यह आप आसानी से कर लेंगे।

उसमें एक शायरी भी लिखी हुई थी। नेहा ने लिखा था, “मैंने कुमार विश्वास जी के मुँह से एक शायरी सुनी थी, वह लिख रही हूँ। यह नहीं पता कि वो शायरी किसकी लिखी है।

मीलों तक फैली दिल्ली का ये भी एक तआरुफ़ है,
कुछ अफ़सानों की क़ब्रें हैं, कुछ क़ब्रों के अफ़साने हैं।
इसका अर्थ आप अपने हिसाब से लगाना।”

आगे नेहा रावत का नंबर लिखा हुआ था। मैंने उससे बात की। काफ़ी देर तक हम बात करते रहे।

“मैं सर से मिलना चाहता हूँ।” मैंने कहा।

“उनसे मिलना मुश्किल है।” नेहा ने कहा।

“क्यों कहाँ चले गये वो?”

“कहीं नहीं, हैं तो भोपाल में ही। पर कहते हैं कि रिटायरमेंट के बाद उनका मानसिक संतुलन ठीक नहीं रहा। वो जिससे भी मिलते हैं, कहते हैं मुझे सैल्यूट करो। इसके अलावा उन्होंने सरकारी बंगले का भी कब्ज़ा खाली नहीं किया।

उन्होंने गवर्नमेंट पर केस कर दिया है। वो कहते हैं कि मेरी एक बेटी है। मैं उसकी शादी तक नहीं कर पाया, ऐसा गवर्नमेंट कैसे कर सकती है! पर हाँ मैं ज़रूर दिल्ली आ रही हूँ

क्योंकि मेरा डेप्युटेशन पर दिल्ली के ही एक डिपार्टमेंट में सलेक्शन हो गया है।”

नेहा का दिल्ली आना हुआ, तब से हम एक अच्छे दोस्त की तरह अक्सर मिलते रहते हैं। जल्दी ही, इसी साल उसका शादी करने का प्लान है।

*“ज़िंदगी वो नहीं जो हम चाहते हैं*
*ज़िंदगी वो है, जो हम जीते हैं*
*चाहतें किसी की पूरी नहीं होतीं*
*पर, हम चाहतों में ज़िंदगी चाहते हैं।”*

# Your Thoughts Matters:------------

Dear Readers,

I hope you have loved and enjoyed reading it. I wish and expect that this book has added some value and its worth reading. Kindly share your Thought Process about this book. You can share your views on pulkithasija@gmail.com.

Regards

Pulkit Hasija